Wenn es Abend wird, mein Schatz ...

Der neunte Fall für Eva Sturm

Ostfrieslandkrimi von Moa Graven

Impressum
Wenn es Abend wird, mein Schatz …
Ein Fall für Eva Sturm auf Langeoog - Band 09
von Moa Graven

Korrektorat: Guido Rößler
Erschienen im Criminal-kick-Verlag Leer (Ostfriesland)
März 2017
ISBN 978-3-945372-96-8
Umschlaggestaltung: Moa Graven

Zum Inhalt

Eine junge Frau, die ein paar schöne Tage mit ihrem Mann auf Langeoog verbringen will, verschwindet spurlos, als sie mit ihrem Hund am Abend einen Spaziergang am Strand macht. Am nächsten Morgen geht der Mann zur Polizeistation und bittet Eva um ihre Hilfe.

Es wird alles mobilisiert, um die Frau zu finden, denn schließlich ist man ja auf einer kleinen Insel. So weit kann sie ja nicht sein. Aber sie bleibt verschwunden. Hat sie sich das Leben genommen?

Und dann passiert etwas, das den ganzen Fall noch einmal in einem ganz anderen Licht erscheinen lässt. Ein Katz- und Mausspiel beginnt.

Nur ein Spaziergang

Die Ehe mit Rolf machte ihr schon lange keinen Spaß mehr. Warum blieb man eigentlich, wenn man nicht musste? Doch so einfach, wie es sich anhörte, war die Sache nicht. Sie war abhängig von ihm. Und das ließ sie eigentlich noch mehr verzweifeln als seine Lieblosigkeit, an die sie sich in den letzten Monaten gewöhnt hatte. Was der Grund dafür war, blieb ihr bis heute ein Rätsel. Natürlich, sie waren fast acht Jahre verheiratet. Da schlich sich schon die eine oder andere Gehässigkeit in einer Beziehung ein. Man hatte sich aneinander gewöhnt und ging sich auf die Nerven.

Doch war es wirklich so einfach? Und gab es Rolf das Recht, sie von morgens bis abends zu schikanieren?

Sie hatte der gemeinsamen Reise auf jeden Fall zugestimmt und saß jetzt mit ihm auf einer kleinen ostfriesischen Insel fest. Zwei Wochen Langeoog hatte er gebucht. Er sei überarbeitet, hatte er gemeint, als er ihr den Vorschlag zu diesem Ausflug machte. Und sicher habe sie auch schon gemerkt, dass er ziemlich angespannt sei. Oh ja, hätte sie am liebsten gesagt, und ob ich das merke. Doch sie hatte geschwiegen und ihre Sachen gepackt.

Und es gefiel ihr ganz gut auf der Insel, das musste sie zugeben. Es hatte auch etwas Beruhigendes, wenn man nur auf einem kleinen Fleckchen Erde praktisch eingesperrt war. In den Morgenstunden machten sie gemeinsam lange Spaziergänge am Strand und frühstückten hinterher im Hotel oder in einem netten Café. Und hin und wieder griff er sogar nach ihrer Hand und drückte sie ganz fest.

»Übermorgen müssen wir schon wieder fahren«, sagte sie. »Mir kommt es gar nicht so vor, als ob wir schon fast zwei Wochen hier wären.«

»Das habe ich dir ja gesagt. Man kann sich an die Ruhe hier gewöhnen«, erwiderte er. »Wollen wir heute Abend noch einmal schick essen gehen?«

»Gerne. Such du uns bitte ein Restaurant aus. Ich werde vorher nochmal eine Runde mit Charly am Strand drehen.«

Der Retriever bewegte seine Schlappohren vor und zurück, als sein Name fiel. Er war mit acht Jahren schon ein gemächlicher Vertreter seiner Rasse, liebte aber die Ausflüge mit seinem Frauchen in der Natur.

Regina zog ihre Schuhe an und schnappte sich die Hundeleine.

»Ich bin bald zurück«, sagte sie zum Abschied und lächelte Rolf an.

Als es auf halb acht losging, wurde Rolf unruhig. Als es acht war, wurde er sauer. Wo blieb Regina nur? Hundeliebe hin oder her, so langsam wurde es wirklich Zeit. Der Tisch war schließlich für zwanzig Uhr bestellt.

Als es halb neun wurde, bekam Rolf es mit der Angst zu tun. War Regina etwas passiert? Um neun Uhr ging er schließlich nach draußen an den Strand, um nach seiner Frau zu suchen.

Wie ein kleines Kind

Eva war so glücklich, dass es sich kaum in Worte fassen ließ. Immer wieder las sie den Brief von ihrer Mutter. Sie liebte diese Handschrift. Sie war so ganz anders als ihr eigenes Gekrakel.

Seitdem sie Katharina Sturm gemeinsam mit Jürgen in Schweden besucht hatte, waren schon wieder ein paar Monate vergangen. Doch das gute Gefühl in ihrem Herzen war geblieben.

Ein paar Mal hatten sie schon telefoniert, doch Katharina mochte das nicht so gerne. Und Eva druckste auch mehr herum, als dass sie etwas erzählte. Telefonieren war so schwierig. Schließlich konnte sie ja nicht losplappern wie ein kleines Kind. Und es gab da neben dieser gewaltigen räumlichen Distanz auch die vielen Jahre, die sie einander nicht gesehen und gesprochen hatten. Deshalb fühlte sich so ein Telefonat immer noch fremd an. Katharina hatte vorgeschlagen, dass sie sich schreiben sollten. Vielleicht würde es ihnen so gelingen, wenigstens einen Bruchteil der versäumten Zeit nachzuholen.

Ich denke ganz fest an Dich, schrieb Katharina am Ende und Eva glaubte es ihr. Sie zog einen weißen Bogen heran, um ihr gleich zu antworten.

Doch dann klingelte ihr Telefon auf dem Schreibtisch.

Am anderen Ende war ein Mann, der sich Sorgen um seine Frau machte. Sie sei am gestrigen Abend nach einem Spaziergang mit dem Hund nicht wieder zurückgekehrt.

»Und da melden Sie sich erst jetzt?«, blaffte Eva in den Hörer.

Am anderen Ende blieb es stumm.

»Hören Sie, es tut mir leid«, entschuldigte sich Eva. »Doch es ist sicher besser, wenn wir die Wasserschutzpolizei alarmieren.«

»Aber meine Frau würde niemals ins Wasser gehen«, sagte der Mann am anderen Ende. »Und sie ist eine gute Schwimmerin. Außerdem war der Hund bei ihr.«

»Ich glaube Ihnen ja. Ich schlage vor, Sie kommen hier zu mir in die Dienststelle, damit ich eine Vermisstenanzeige aufnehmen kann.«

Der Mann stimmte zu und sie legten auf.

Schade, dachte Eva, so wurde es wohl nichts mit ihrem Brief, den sie an ihre Mutter schreiben wollte.

Sicher hatten dieser Mann und seine Frau einfach nur einen Streit gehabt und sie war in ein Hotel gegangen.

Um die Wartezeit zu überbrücken, kochte Eva sich einen Kaffee und sah aus dem Fenster. Der Unterschied zu

Schweden bereitete ihr körperliche Schmerzen. Sie konnte so gut verstehen, dass Katharina das Land liebte. Plötzlich wirkte Langeoog zu klein.

Die Tür ging auf und ein äußerst gut aussehender Mann in den Vierzigern betrat die Dienststelle.

»Rolf Weimers, wir haben eben telefoniert«, stellte er sich vor und reichte ihr die Hand.

»Eva Sturm. Kaffee?«

»Gerne.«

»Setzen Sie sich ruhig schon an meinen Schreibtisch.«

Irgendwie hatte sie sich nach der Stimme am Telefon einen kleinen feisten Mann vorgestellt. Und jetzt schämte sie sich umso mehr, weil sie ihn so angeblafft hatte.

Sie stellte den Kaffeebecher vor ihn auf den Schreibtisch.

»Danke«, sagte er. »Ich habe heute noch gar nicht gefrühstückt.«

»So, jetzt erzählen Sie bitte mal der Reihe nach, was eigentlich passiert ist, bis ihre Frau die Wohnung verlassen hat. Sie sind in einem Hotel, oder?«

»Ja, das ist richtig. Wir wohnen im *Retro Hotel* wegen Charly.«

»Dort sind Hunde erlaubt, ich weiß.«

Er nickte. »Morgen wollten wir eigentlich zurückfahren.«

»Und wie lange waren Sie hier?«

»Zwei Wochen.«

»Dann hatten Sie genügend Zeit, die Insel kennen zu lernen.«

»Ja, es ist wirklich schön hier. Sie sind zu beneiden.«

Na ja, dachte Eva. Und dann fiel ihr Jürgen ein. Sie hatten sich gestern Abend gestritten und sie war alleine in ihre Wohnung gegangen.

»Hatten Sie Streit?«, fragte sie frei heraus.

Rolf Weimers griff nach seinem Kaffeebecher. Alles, was jetzt kam, war gelogen, dachte Eva instinktiv.

»Nein, wir hatten keinen Streit«, sagte er schließlich und stellte den Becher wieder ab, ohne von dem Kaffee getrunken zu haben. Er hatte schöne schlanke Hände. Doch irgendwie etwas mit ihm stimmte nicht.

»Und welchen Grund könnte Ihre Frau dann gehabt haben, nicht zurückzukommen?«

»Das hört sich an, als gingen Sie davon aus, dass ich der Grund sei, dass sie weg ist«, sagte er und wirkte gekränkt.

»Hatte Ihre Frau denn noch zu anderen Inselbewohnern näheren Kontakt?«

»Nein, natürlich nicht.«

»Sehen Sie. Da liegt es doch auf der Hand, dass es etwas zwischen Ihnen beiden geben muss. Und was könnte das anderes sein, als ein Streit. Wie lange sind Sie verheiratet?«

»Acht Jahre.«

»Und Sie sind glücklich? Ich meine, beide?«

Rolf Weimers richtete seinen Blick zum Fenster. Sein Profil bereitete Eva eine Gänsehaut. Er sah aus wie aus einem dieser amerikanischen Filme, bei denen immer alles im Halbdunkel gedreht war, so dass man wie ein Luchs aufpassen musste, um alles mitzubekommen.

»Doch«, sagte er schließlich, »wir sind glücklich, im Grunde, meine ich. Natürlich gibt es hier und da Reibereien, das kennen Sie sicher auch.«

Weiß Gott, ja.

»Aber gestern haben Sie sich nicht gestritten?«, fragte Eva nochmal.

»Nein, ganz bestimmt nicht. Wir wollten noch einmal so richtig schick essen gehen, bevor es wieder nach Hause geht.«

»Und das ist wo?«

»Münster.«

»Oh, das ist ja nun eine ganz andere Gegend ...«. Vielleicht hatte er deshalb diesen leicht gebräunten Teint und die dunklen Augen. Ostfriesen sahen anders aus. Jürgens Schatten kroch ihren Nacken hoch.

»Ja, ein paar mehr Häuser haben wir schon. Aber Ihre Dünen sind auch nicht schlecht.«

Sie wurde das Gefühl nicht los, dass er Zeit schinden wollte. Und das kam ihr gar nicht so ungelegen. Doch damit musste jetzt Schluss sein, denn es ging vielleicht um das Leben einer Frau. Was trieb sie hier eigentlich?

»Also«, sagte sie resoluter. »Ich gebe Ihnen hier einen Bogen, den Sie mir bitte ausfüllen und dann werde ich die Wasserschutzpolizei am Hundestrand nach Ihrer Frau suchen lassen. Ich nehme an, dass Sie dorthin gegangen ist, wenn Sie einen Hund haben.«

»Ja, das ist richtig.« Er zog sich den Bogen heran und griff nach einem Kugelschreiber, der auf dem Tisch lag.

»Haben Sie vielleicht ein Foto von Ihrer Frau für mich?«

Er sah wieder auf. »Oh, ich fürchte nicht.«

Na sowas. Nach acht Jahren Ehe brauchte man so etwas wohl nicht mehr.

»Dann müssen Sie mir gleich eine kurze Beschreibung von ihr geben«, sagte Eva. »Aber bitte füllen Sie erst mal den Bogen aus, ich muss telefonieren.«

Während Eva die Kollegen alarmierte, ließ sie Rolf Weimers nicht aus den Augen. Wenn er die Stirn runzelte, fielen ihm weiche braune Haarlocken in die Stirn, die sie am liebsten angefasst hätte.

Als sie aufgelegt hatte, schob er ihr den Zettel rüber. Sie griff danach und berührte kurz seine Hand. War das Absicht gewesen, ihrerseits? Drehte sie jetzt völlig durch?

»Danke«, sagte sie und nahm das Blatt und ließ ihren Blick darüber wandern. »Demnach hat Ihre Frau das Hotel gegen 18.30 Uhr verlassen.«

Er nickte.

»Und Sie haben die ganze Nacht auf sie gewartet, ohne nach ihr zu suchen?«

Er machte ein bedrücktes Gesicht. »Ich hatte so ein komisches Gefühl«, sagte er.

»Das schien auch wohl angebracht zu sein. Ich glaube, Sie sollten jetzt endlich mit offenen Karten spielen. Besteht die Möglichkeit, dass Ihre Frau sich etwas angetan hat?«

Er ließ die Schultern hängen. »Das würde sie Charly niemals antun.«

Das war ein Argument. Denn auch der Hund war nicht wieder beim Hotel aufgetaucht.

»Die andere Möglichkeit wäre, dass Ihre Frau in ein anderes Hotel gegangen ist.«

»Aber Charlys Sachen sind alle noch bei mir. Das kann nicht sein.«

Tja, was blieb da noch? Eigentlich nur ein Unfall ... oder ein Verbrechen?

»Bitte beschreiben Sie ihre Frau, damit ich die Daten weitergeben kann.«

Rolf Weimers faltete die Hände und legte sie in seinen Schoß. Die verwaschene Jeans und das hellblau karierte Hemd unterstrichen seinen jungenhaften Typ.

»Meine Frau ist blond, hat schulterlanges Haar und ist einen Meter siebzig und schlank.«

»Was hatte sie an, als sie gegangen ist?«

»Eine Jeans und einen dunkelblauen Pullover. Und dann hat sie noch ihre schwarze Windjacke angezogen.«

Eva konnte sich diese Frau sehr gut vorstellen. Sicher hatte sie blaue Augen und einen traurigen Blick. Sie war achtunddreißig. Keine Kinder. Aber einen Hund, den sie über alles liebte.

»Hatte Ihre Frau einen Geliebten?«

»Bitte?«

Eigentlich war Eva diese Frage nur so herausgerutscht.

»Sie haben mich schon verstanden«, sagte sie. »Wir müssen alle Möglichkeiten in Betracht ziehen.«

»Keinen, von dem ich wüsste«, sagte er.

»Und Sie?«

»Ob ich eine Geliebte habe?«, fragte er zurück und wollte offensichtlich nicht darauf antworten.

»Müssen Sie so lange darüber nachdenken?«

»Nein, ich meine, ich muss nicht nachdenken. Ja, ich hatte ein Verhältnis, aber das ist schon eine Weile her.«

»Wusste Ihre Frau davon?«

»Sie hat es wohl geahnt. Wir hatten uns in der Zeit nicht mehr so viel zu sagen.«

»Und das war jetzt besser geworden und deshalb sind sie hierher gefahren?«

»Ja, vielleicht. Ich weiß auch nicht. Können wir jetzt nicht erst nach Regina suchen, bevor wir hier unser ganzes Leben aufrollen?«

»Gleich. Wie hat es Ihre Geliebte aufgenommen, als Schluss war. Haben Sie die Sache beendet?«

»Ja, ich habe Schluss gemacht. Es war sowieso nichts Ernstes. Und ich denke, sie kam gut damit zurecht. Sie hat schon wieder einen Neuen.« Er lachte bitter auf.

Konnte es sein, dass er reumütig zu seiner Frau zurückgekehrt war und sie sich jetzt rächte? Paare waren so unberechenbar.

Das Telefon klingelte. Man teilte Eva mit, dass ein Boot der Wasserschutzpolizei unterwegs sei und man sich gleich am Hundestrand treffen würde.

Ganz ruhig

Jürgen war in seinem Bett aufgewacht. So ein Mist. Wie hatte es gestern bloß zu diesem blöden Streit kommen können? Eigentlich hatten sie sich beim Italiener wie immer über dieses und jenes unterhalten. Bald würde die Urlaubssaison wieder beginnen und mit der Ruhe wäre es dann wohl vorbei. Tja, und worüber hatten sie noch gesprochen? Er konnte sich gar nicht richtig erinnern. Doch plötzlich war Eva kiebig geworden. Hatte ihn unsensibel und egoistisch genannt. Am Ende hatte sie dreißig Euro auf den Tisch geknallt und war allein in ihre Wohnung gegangen.

Der Kellner hatte sich noch eine Weile mit Jürgen unterhalten, als dieser verdattert alleine am Tisch zurückgeblieben war. Die beruhigt sich schon wieder, hatte er gemeint. Er selber würde ja auf Beziehungen verzichten. Sie machten einem nur das Leben schwer. Da mochte was dran sein.

Doch jetzt hier so alleine im Bett, das fühlte sich auch nicht nach einer erstrebenswerten Lösung an. Er hatte sich schon verdammt daran gewöhnt, am Morgen als erstes in ihr verschlafenes Gesicht zu schauen. Sie sah so niedlich aus, wenn sie noch schlief. Ab und zu zog sie dann die Nase kraus und lächelte. Er fragte nie danach, ob sie von ihm geträumt hatte.

Er quälte sich aus dem Bett und sah als Erstes auf sein Handy. Kein verpasster Anruf, keine Nachrichten. Wollte sie ihn etwa noch länger schmoren lassen? Er hatte ihr doch nichts getan. Im Gegenteil, seit drei Jahren latschte er den ganzen Tag hinter ihr her, um die Scherben hinter ihr aufzusammeln. Und jetzt war er ihr sogar bis nach Schweden gefolgt. Es war so schön gewesen zu sehen, wie glücklich es sie machte, dass sie endlich ihre Mutter wiedergefunden hatte.

Und dann das.

Jürgen stellte sich unter die Dusche und sah in Gedanken vor sich, wie er Eva einseifte.

Sie fehlte ihm mehr, als ihm lieb war. Er stellte das Wasser ab und rubbelte sich mit einem nach frischer Himbeere duftenden Handtuch ab.

Eigentlich wäre er jetzt am liebsten zu ihr in die Dienststelle gegangen. Doch das sah er gar nicht ein. Sie hatte sich doch daneben benommen. Er würde sie jetzt noch ein bisschen schmoren lassen.

Also ging Jürgen in die Touristinfo, die bereits von seiner Angestellten geöffnet worden war.

»Da wird jemand vermisst«, begrüßte sie ihn.

Mein Gott, Eva, dachte er sofort. War sie ins Wasser gegangen? Hätte er doch bloß bei ihr angerufen oder wäre direkt vorbeigegangen.

»Wer?«, fragte er und legte die Stirn in Falten.

»Irgend so eine Frau, die gestern Abend mit ihrem Hund zum Strand gehen wollte. Ist nicht wieder im Hotel aufgetaucht. Ihr Mann hat heute Morgen bei Eva eine Vermisstenanzeige aufgegeben und jetzt sind sie mit der Wasserschutzpolizei am Strand, um nach ihr zu suchen.«

»Mein Gott, da schläft man einmal länger, und dann das …«

»Wieso weißt du denn noch nichts davon?«, fragte sie irritiert. »Warst du heute Nacht nicht bei Eva?«

»Frag nicht«, winkte er ab. Aber ich werde jetzt nicht zum Strand gehen, schwor er sich, und verkroch sich hinter einem Regal mit Infomaterial für einen entspannten Urlaub auf Langeoog.

Am Strand

Es waren eine Handvoll Kollegen mit der Suche nach Regina Weimers beschäftigt. Auch die ersten Spaziergänger, die den Aufruhr bemerkt hatten, versicherten, ihre Augen offen zu halten. Das Verschwinden einer Frau löste bei jedem Interesse, aber auch eine gewisse Besorgnis wegen der Unsicherheit aus. Wenn man nicht wusste, wo sie war, dann konnte es vielleicht auch andere treffen. Auf jeden Fall zogen die Frauen automatisch ihre Jackenkragen bei so einer Nachricht höher. Man hatte Angst.

Eva war mit Rolf Weimers am Strand unterwegs. Zum einen konnte man jede Hilfe brauchen und zum anderen konnte sie ihn so im Auge behalten. Es war naheliegend, dass er etwas mit dem Verschwinden seiner Frau zu tun hatte, oder zumindest davon wusste, was geschehen sein könnte. Vielleicht log er, was die Harmonie in ihrer Beziehung betraf. Auf jeden Fall spielten sich solche Szenarien immer im engsten emotionalen Kreis ab. Der große Unbekannte, der eine ihm völlig fremde Frau am Strand aufgriff und sie danach verschwand, war eigentlich unwahrscheinlich. Dann würde man sie sicher irgendwo finden. Und Eva war jetzt noch nicht bereit, sie aufzugeben. Außerdem war da ja noch der Hund. Selbst wenn die Frau längst tot sein sollte, so würde doch der Hund irgendwo herumlaufen. Um einen herrenlosen Hund kümmerte man sich in der Regel sofort.

Doch auch nach zwei Stunden gab es kein Ergebnis. Weder ein Positives, noch die Nachricht, dass Regina Weimers etwas zugestoßen war.

Die Kollegen von der Wasserschutzpolizei wollten ihre Suche rund um die Insel ausdehnen. Und auch an Land gab es Beamte, die jedes Sandkorn in die Hand nehmen würden, versprachen sie.

»Wir können jetzt im Moment nichts weiter tun«, sagte Eva zu Rolf Weimers, »Sie sollten in ihr Hotel gehen. Vielleicht taucht Ihre Frau ja wieder dort auf.«

»Na gut«, sagte er geknickt. War das echt? »Aber Sie informieren mich sofort, wenn Sie etwas hören?«

»Natürlich«, versicherte Eva. Sie wollte jetzt alleine sein.

Doch daraus wurde nichts. Als sie in der Dienststelle ankam, wartete Jürgen dort bereits auf sie.

»Jürgen?«

»Eva, guten Morgen.«

»Na, dafür ist jetzt wohl schon ein bisschen zu spät ...« Sie ging zu ihrem Schreibtisch und setzte sich.

»Ich hab uns trotzdem ein paar belegte Brötchen mitgebracht«, blieb Jürgen beharrlich. »Der Kaffee läuft gerade durch. Ich dachte mir schon, dass du bald hier sein würdest.«

Sie drehte sich zu dem kleinen Tisch hinter sich um, auf dem sie zwei Teller und Kaffeebecher sah.

»Das ist wirklich nett von dir«, sagte sie dann doch. Eigentlich hatte Jürgen ihr wirklich nichts getan.

Ermutigt durch diese Worte sprang Jürgen auf und schenkte Kaffee ein. Dann legte er ein Käsebrötchen auf ihren und ein Salamibrötchen auf seinen Teller und kehrte damit an den Schreibtisch zurück.

»Danke«, sagte Eva aufrichtig, der der Magen wirklich in den Kniekehlen hing.

»Gerne. Sag mal, ist jetzt alles wieder gut?«

Sie atmete tief durch. »Du meinst wegen gestern Abend?«

Er nickte.

»Ach, eigentlich war ja auch gar nichts«, sagte sie und biss in ihr Brötchen.

»Und warum warst du dann plötzlich so ...«. Jetzt nur nicht die falschen Worte wählen, dachte er.

»Abweisend?« Sie nahm einen Schluck Kaffee.

»Ich weiß nicht, ob man das so nennt«, sagte Jürgen. »Aber ich habe wirklich nicht verstanden, was plötzlich mit dir los war.«

»Glaub mir, ich auch nicht«, seufzte Eva. »Vielleicht möchte ich manchmal einfach nur alleine sein.«

»Das könntest du aber auch wirklich netter sagen«, meinte Jürgen erleichtert und lachte schon wieder.

»Du hast recht. Aber ich kann sowas manchmal nicht. Weißt du, irgendwie wird mir plötzlich alles zu eng, ich muss dann einfach alleine sein.«

»He, damit habe ich kein Problem. Ich meine, jeder kann doch auch mal in seiner eigenen Wohnung schlafen.« Er erinnerte sich an seine langen Fernsehnächte, die er auch manchmal vermisste. Sowas ging mit Eva nicht.

»Ich werde das nächste Mal früh genug die Reißleine ziehen und Bescheid sagen.« Eva sah zum Fenster. »Komisch, die Sache mit der Frau.«

»Ich habe schon davon gehört. Einfach verschwunden soll sie sein.«

»Ja, sie war gestern Abend noch mit ihrem Hund zum Strand gelaufen und seitdem hat man sie nicht mehr gesehen. Wie vom Erdboden verschwunden.«

»Und das ist auf einer Insel gar nicht so einfach.«

»Eben. Irgendjemand muss sie doch gesehen haben.«

»Aber nicht, wenn sie ins Wasser gegangen ist.«

»Das wollen wir nicht hoffen. Aber dann bleibt ja immer noch ihr Hund. Der ist bestimmt nicht freiwillig mitgegangen.«

»Hm. Freiwillig nicht.«

»Du meinst, der Hund hat sein Frauchen so sehr geliebt, dass er sich mit in die Fluten stürzen würde?«

»Keine Ahnung. Ich habe keinen Hund. Aber irgendwo muss die Frau ja abgeblieben sein. Was ist denn mit dem Ehemann? Meistens passiert sowas ja nur, wenn sie Streit hatten.«

Eva grinste. »Es muss nicht immer böse ausgehen, dafür sind wir wohl der beste Beweis.«

Jetzt hielt Jürgen nichts mehr auf seinem Stuhl. Er ging um den Schreibtisch herum und legte seine Arme von hinten um sie und küsste ihre Wange.

»An den Mann habe ich auch schon gedacht«, sagte Eva und löste sich aus der Umklammerung. »Doch im Moment habe ich noch nichts gegen ihn in der Hand. Deshalb werde ich ihn gleich mal durchleuchten.«

»Verstanden«, sagte Jürgen. »Ich werde mal wieder in die Touristinfo gehen.« Dann fiel sein Blick auf den Briefbogen. »Du wolltest deiner Mutter schreiben?«

»Ja, stimmt. Doch dann kam mir die Sache dazwischen.«

»Du vermisst sie sicher.«

Eva nickte. »Und Schweden vermisse ich auch.«

»Wollen wir heute Abend zum Italiener gehen?«

Sie sah zu ihm auf. »Nur, wenn mir heute Abend nach Gesellschaft ist. Und das meine ich jetzt wirklich nicht böse.«

»Schon okay. Wir kriegen sicher auch spontan einen Tisch, noch ist die Saison ja nicht eröffnet.«

»Danke«, sagte sie aufrichtig.

»Kein Problem.«

Jürgen verließ die Dienststelle.

Warum kriege ich Beziehungen nicht auf die Reihe?, fragte sich Eva. Immer muss ich alles kaputtmachen. Ihre Gedanken wanderten weit zurück in die Vergangenheit. Es hatte da mal einen Michael gegeben, der wirklich alles für sie getan hätte. Damals war sie Ende zwanzig gewesen. Sie sah alles wieder vor sich. Sie hatten eine kleine gemeinsame Wohnung am Rande von Hannover gemietet. Sie hatte sich sogar um die Möbel gekümmert und schöne Deko ausgesucht. Die ersten drei Monate lief alles ganz gut. Doch irgendwann wurde ihr alles zu eng. Sie blieb immer länger im Dienst, obwohl es gar nichts mehr zu tun gegeben hatte. Michael war Referendar an einer Schule und wartete eigentlich immer schon am frühen Nachmittag auf sie. Das Ganze war schließlich eskaliert, als Eva über Nacht weggeblieben war. Er hatte sich solche Sorgen gemacht, doch sie hatte es nur als Kontrollversuch interpretiert. Drei Wochen später war er ausgezogen.

Danach hatte es verschiedene kurze Beziehungen gegeben, bei denen sie aber schon so weit gewesen war, auf einer eigenen Wohnung mit viel Freiraum für sich zu bestehen. Natürlich hatte keine davon gehalten. Sie hielt die Männer auf Distanz. Vielleicht lag es am mangelnden Vertrauen. Sie traute niemandem außer sich selbst. Aber war es denn ein Wunder nach allem, was sie mitgemacht hatte? Mit den Jahren war sie zu einer Einzelgängerin geworden. Womöglich war sie auch einfach nur verbohrt. Natürlich sehnte sie sich nach Nähe, doch im gleichen Atemzug konnte sie diese einfach nicht ertragen.

Und jetzt war da Jürgen. Mit ihm spielte sie das gleiche Spielchen wie mit anderen Männern. Das hatte er nicht verdient, ertrug es aber mit großem Herzen. Aber liebte sie ihn eigentlich?

Das Telefon auf ihrem Schreibtisch riss sie aus ihren Gedanken. Es war Rolf Weimers, der wissen wollte, ob es schon etwas Neues zum Verschwinden seiner Frau gab. Sie würgte ihn schnell ab. Sie hatte keine Lust auf endlose Gespräche über eine Liebe, die so stark war, dass er sich nicht vorstellen könne, was seiner Frau zugestoßen sein könnte. Wer glaubte so einen Quatsch denn schon?

Tag 1

Meine Füße spüre ich kaum noch. Wo bin ich eigentlich? Was ist mit mir passiert? Es ist so dunkel. Ich liege in einer Kiste. Mir ist kalt. Wie lange bin ich schon hier?

Ich versuche mich an das Letzte zu erinnern, was mir vor dieser Kiste passiert ist. Da ist ein Licht. Kerzen. Es riecht gut. Ich bin in einem Restaurant. Aber war das wirklich das Letzte, was ich hiervor erlebt habe? Warum kann ich mich nicht erinnern?

Meine Hände habe ich auf meinen Bauch gelegt. So spüre ich, dass ich noch atme. Wird die Luft um mich herum langsam dünner? Werde ich hier bald ersticken? Vor einer Stunde habe ich noch geschrien und um Hilfe gerufen. Jetzt muss ich sparsamer mit dem Sauerstoff umgehen. Vielleicht hört mich ja sowieso keiner. Und vermutlich ist es so. Wenn sich jemand die Mühe macht, einen Menschen so zu verstecken, dann stehen die Chancen schlecht, dass einen jemand hört. Aber wer ist dieser Mensch, dem ich offensichtlich so nahe gekommen bin, dass er mir das antut? Was habe ich falsch gemacht? Ich zermartere mir das Hirn. Ich bin kein schlechter Mensch.

Und doch will jemand, dass ich sterbe. Ich erschrecke bei dem Gedanken. Habe ich mich schon so aufgegeben? Nein, ich muss kämpfen. Noch ist es nicht vorbei. Es macht keinen Unterschied mehr, ob ich die Augen öffne oder sie geschlossen halte. Es ist immer dunkel. Schwarz wie die Nacht. Wie spät mag es sein? Wird sich irgendjemand um mich kümmern?

Ich versuche, ruhig zu atmen. Ich darf nicht hektisch sein. Das verbraucht nur unnötige Luft, mit der ich sparsam umgehen muss. Mir ist so kalt. Das Einzige, was ich höre, bin ich selbst. Das macht mir Angst. Noch nie habe ich mich so alleine gefühlt. So hilflos. Werde ich heute noch sterben?

Am Abend

Eva hatte einiges über Rolf Weimers herausgefunden. Er war Dozent für Geschichte an einer größeren Universität. Er hatte ein großes Haus, einen tollen Garten und eine hübsche Frau. Das alles hatte er auf Facebook ausgebreitet. Er war ein Angeber, der überwiegend seinen Wagen aus der Froschperspektive aus allen erdenklichen Richtungen zeigte, während er selber immer nur schemenhaft zu sehen war. Wollte er sich dadurch interessant machen? Und Eva war sich sicher, dass das nur die eine Seite von Rolf Weimers war. Vermutlich hatte er noch einen weiteren Account, von dem nicht mal seine Frau etwas wusste. Das spürte sie einfach. Er war einer, dem man nicht trauen konnte. Sie war ja selbst auch auf sein Äußeres hereingefallen. Zunächst jedenfalls. Er war ein Mann wie sündige Schokolade. Man hatte große Lust, daran zu knabbern. Doch wenn sie auf war, dann blieb nur der fade klebrige Geschmack im Mund zurück. Ja, genauso einer war dieser Mann. Er verführte und ließ einen mit den Scherben alleine. Sicher hatte er viele Verehrerinnen.

Regina Weimers hatte auf den vielen Fotos, die er im Gegensatz zu seiner eigenen Person hemmungslos im Netz verbreitete, immer gut ausgesehen. Ob sie überhaupt davon wusste? Einen eigenen Account schien sie nicht zu haben. Manchmal hatte ihr Blick etwas Verlorenes. Sie schaute ins Nichts. Und dann gab es auch Bilder, wo sie immer glücklich aussah.

Eva fand es befremdlich, dass die Menschen ihr Leben so in der Öffentlichkeit ausbreiteten. Und auf der anderen Seite fragte sie sich, wen das überhaupt interessierte, wie der Garten von Rolf Weimers aussah. Doch es gab verdammt viele Likes zu all seinen Beiträgen. Überwiegend von Frauen, so wie es aussah. Und darunter war bestimmt eine, die versucht hatte, etwas mit ihm anzufangen. Er lud ja geradezu mit seinem Gehabe dazu ein.

Ob man herausfinden konnte, ob er noch einen weiteren Account hatte? Eva griff zum Telefon, um die Kollegen von der technischen Abteilung anzurufen. Sie gehörten zu dem Typ Mensch, den man Tag und Nacht erreichen konnte. Sie schienen nie zu schlafen.

Nach einem kurzen Gespräch wusste Eva, dass es eine IP-Adresse gab, die man jederzeit zurückverfolgen konnte. Das wäre sicher eine von den leichteren Aufgaben, Rolf Weimers Aktivitäten offenzulegen. Auf den ersten Blick erkannte der Kollege, dass er praktisch nichts schützte.

Eva bedankte sich für den späten Einsatz und legte wieder auf.

Und jetzt? Nach Hause gehen und auf dem Sofa kuscheln oder doch mit Jürgen essen? Irgendwie hatte sie das Gefühl, dass sie es ihm schuldig war. Sie sah auf die Uhr. Gleich war es acht. Ob er überhaupt noch damit rechnete, dass sie sich meldete? Sie wählte seine Nummer. Er war nach zweimaligem Klingeln dran.

»Du sagst sicher ab.« Er klang betrübt.

Es brach ihr fast das Herz. »Nein, eigentlich wollte ich jetzt los, ich habe Bärenhunger.« Das war glatt gelogen.

»Super. Dann treffen wir uns gleich beim Italiener. Oder soll ich dich abholen?«

»Nein, ich denke, wir treffen uns da.« Sie legte schnell auf, damit er nicht hörte, wie sie plötzlich losheulte. Sie kam sich so gemein vor. Warum machte sie das mit Jürgen? Jetzt log sie ihn auch schon an. Sie war böse und gemein. Sie ging zu dem kleinen Waschbecken in der Toilette und klatschte sich eiskaltes Wasser durchs Gesicht.

Jürgen war bester Laune, als sie im Restaurant ankam. Er hatte bereits bestellt und eine Flasche Rotwein stand auf dem Tisch.

»Hallo, einen Wein kann ich jetzt wirklich brauchen«, sagte sie leise und setzte sich zu ihm.

»Dein Wunsch ist mir Befehl«, sagte Jürgen. Doch irgendwie klang seine Stimme anders. Spürte er, dass sie ihm nur etwas vormachte? Schließlich war er kein Dummkopf.

»Jürgen?« Sie nahm ihr Glas.

»Ja?« Er sah sie offen an.

Sie sah über das Glas hinweg in sein Gesicht. »Hast du für mich auch doppelt Käse bestellt?«

Er runzelte die Stirn. »Nein, hätte ich das tun sollen?«

»Egal. Auf einen schönen Abend«, sagte Eva und stieß mit ihm an.

Es wurde dann doch noch ganz gemütlich. Und Eva erzählte ihm von den vielen Fotos, die sie von Rolf Weimers und seiner Frau in aller Öffentlichkeit gefunden hatte.

»Die Leute sind schon komisch«, sagte Jürgen. »Ich habe mich da noch nicht angemeldet.«

»Du meinst Facebook?«

»Ja. Ich meine, was sollte ich denn da den ganzen Tag von mir erzählen? Da gibt es doch nichts.«

»Na, das stimmt doch wohl nicht so ganz. Du könntest doch deine Touristinfo den ganzen Tag über Langeoog posten.«

»Und warum?«

»Um die Leute auf die Insel zu locken.«

»Hör bloß auf, das reicht doch so schon«, lachte er.

»Du hast recht. Aber mal im Ernst. Was hältst du von einem Mann, der sich da selber so bloßstellt?«

»Er ist sicher einfach nur ein Narzisst«, meinte Jürgen. »Und als Dozent hat er sicher eine große weibliche Fangemeinde.«

»Siehst du, das könntest du auch alles haben ...«

»Es reicht mir, wenn du mich magst, Eva.« Seine Stimme klang plötzlich sehr ernst.

Sie sagte nichts.

»Das ist doch noch so, oder?«, fragte er nach.

Sie nickte. »Natürlich.«

Die Stimmung war unmerklich gekippt.

»Willst du heute Abend lieber alleine sein?«, fragte Jürgen dann auch.

Eva räusperte sich. »Ich weiß nicht, wie wir das immer wieder hinkriegen«, sagte sie leise. »Die Leichtigkeit, mit der ein Abend beginnt, ist so schnell in eine bleierne Schwere verwandelt, ohne dass ich weiß, warum eigentlich.«

»Tja, das weiß ich auch nicht«, sagte Jürgen matt. »Vielleicht sind Gefühle zu ernst, um den ganzen Tag nur Spaß zu haben.«

Die leeren Pizzateller standen zwischen ihnen und sie hielten sich an ihren Weingläsern fest. Was lief nur schief?

»Soll ich zahlen?«, fragte Jürgen.

Sie nickte.

»Und dann bringe ich dich nach Hause, Eva«, fuhr er fort. »Ich glaube, das ist besser so.«

»Wahrscheinlich hast du recht.« Eva stürzte den Rest des Rotweins in einem Zug herunter.

Als sie später im Bett lag, fühlte sie sich leer. In ihrem Kopf kreisten Gedanken, die sie eigentlich nicht zulassen wollte. Fetzen aus der Erinnerung. Ob es mit dem Besuch bei ihrer Mutter zusammenhing, dass sie plötzlich den Halt verlor? Dabei hatte sie sich doch so darüber gefreut, sie endlich wiederzuhaben. Doch es war klar, dass ihr die Lücke bis dahin, die ihr Leben aufwies, umso größer erscheinen musste. Sie hatte die Jahre bis dahin einfach verdrängt. Sie wollte nichts mehr mit ihrem eigenen Leben zu tun haben. Und jetzt, da sie plötzlich wieder wusste, wer sie war, da geriet ihre Welt aus der gewohnten Umlaufbahn. Sie war ein irrlichternder fremder Planet, der aus seinen Angeln gerissen worden war. Es war nur eine Frage der Zeit, bis sie eine krachende Bauchlandung hinlegte. Und es war nicht das erste Mal, dass sie sich so fühlte. Immer wieder, wenn es eine Wende in ihrem Leben gegeben hatte, dann reagierte sie über. Bei einer neuen Liebe genauso wie bei einem Arbeitsplatzwechsel. Sie kam mit Veränderungen nicht zurecht, obwohl sie diese immer wieder unbewusst anstrebte. Das war vielleicht die Lösung. Darum hatte es auch so lange gedauert, bis sie Jürgen in ihr Leben gelassen hatte. Und jetzt kam ihre Mutter dazu, so dass wieder alles in Schieflage geriet.

Eva, dachte sie, du bist fast fünfzig Jahre und benimmst dich wie eine Pubertierende. Jeder andere Mensch saß in dem Alter doch fest im Sattel. Und sie nahm bei jeder kleinen Veränderung Reißaus und fing nochmal von vorne an. Für sie war das Leben ein schmerzlicher Prozess, selbst wenn jemand es gut mit ihr meinte und ihr schöne Dinge widerfuhren.

Irgendwann schlief sie über diesen kruden Gedanken ein.

Schmaler Grat

Rolf Weimers hielt es im Hotelzimmer einfach nicht mehr aus. Er hatte schon öfter versucht, diese Polizistin in der Dienststelle zu erreichen, doch es nahm keiner ab. Wieso hielt man ihn denn nicht über den Fortgang der Suchaktion auf dem Laufenden? War er etwa ein Niemand?

Nachdem er einen schwarzen Kaffee getrunken und ein Brötchen gegessen hatte, machte er sich schließlich auf den Weg zur Polizeistation.

»Herr Weimers, guten Morgen«, sagte Eva, als die Tür aufging.

»Das muss man noch sehen, ob der wirklich gut wird«, murrte Rolf Weimers.

»Schlecht geschlafen?«

»Eigentlich gar nicht. Ich verstehe nicht, warum Sie meine Frau nicht finden können. Das hier ist doch nur eine beschissene kleine Insel. Irgendwo muss Regina doch sein.« Er setzte sich unaufgefordert zu Eva an den Schreibtisch.

»Da haben Sie bestimmt recht«, erwiderte Eva gelassen. Nach allem, was sie über Facebook zu diesem

Mann gesehen hatte, nahm sie ihn sowieso nicht mehr ernst.

»Und warum unternehmen Sie dann nichts?«

»Wir tun, was wir können.«

»Das scheint dann nicht allzu viel zu sein.«

»Hören Sie, Herr Weimers, meine Kollegen sind den ganzen gestrigen Tag bis weit in den Abend mit der Suche beschäftigt gewesen. Aber Ihre Frau ist nicht auffindbar. Und wenn sie wirklich ins Wasser gegangen sein sollte …«

»Aber das ist sie nicht!«, fuhr er dazwischen.

»Wir müssen jede Möglichkeit in Betracht ziehen«, blieb Eva hartnäckig. »Und das Meer ist groß …«

»Sie irren sich«, sagte er, »meine Frau hat sich nichts angetan. Schon alleine wegen Charly würde sie so etwas niemals tun. Sie liebt diesen blöden Köter.«

Hörte Eva da etwa Eifersucht heraus? »Und Sie? Mögen Sie den Hund etwa nicht?«

»Doch natürlich. Aber nicht so wie meine Frau, ich habe noch ein normales Verhältnis zu Hunden und mache da schon Unterschiede.«

Tja, du stehst wohl eher auf junge Frauen, dachte Eva. Sie wollte ihn jetzt noch nicht damit konfrontieren, dass sie seinen Account im Auge hatte. Das würde ihn nur vorsichtig werden lassen.

»Hören Sie Herr Weimers, ich kann Ihre Lage durchaus nachvollziehen«, sagte Eva. »Haben Sie denn schon Kontakt zum Festland aufgenommen? Es könnte doch auch sein, dass Ihre Frau vorzeitig abgereist ist.«

»So ein Quatsch. Dann lässt sie doch nicht alle Sachen hier.«

»Ich schlage vor, Sie geben mir die Kontaktdaten der Freundinnen Ihrer Frau, damit ich nachfragen kann.«

»Das kann ich auch selber machen.«

»Die Entscheidung treffen Sie natürlich.«

»Aber ich weiß, dass das nichts bringen wird. Doch wenn Sie darauf bestehen ...«. Er zog sein Handy aus der Jackentasche und drückte auf ein paar Tasten.

Er klang echt besorgt, stellte Eva fest.

»Wie ich gesagt habe, sie ist nicht nach Hause gefahren«, sagte Rolf Weimers, als er etwas abseits von ihr drei Telefonate erledigt hatte.

»Drei Freundinnen hat Ihre Frau?«

»Ja. Das sind die, mit denen sie sich regelmäßig trifft. Flüchtige Bekannte gibt es sicher mehr und natürlich auch Nachbarinnen, die man über den Zaun hinweg grüßt. Aber Sie erwarten doch jetzt wohl nicht, dass ich dort überall anrufe?«

»Nein, das macht sicher keinen Sinn.« Eva sagte ihm nicht, dass sie sowieso schon die Kollegen vor Ort gebeten hatte, sich mal umzusehen.

»Hören Sie«, sagte er jetzt versöhnlicher, »meine Nerven liegen blank. Ich halte es alleine in dem Hotel nicht mehr aus. Muss ich denn wirklich hier so lange auf der Insel bleiben, bis Regina wieder da ist?«

»Das kommt darauf an, wie lange sie verschwunden bleibt«, entgegnete Eva. »Aber natürlich kann ich Sie nicht hier festhalten. Wenn Sie möchten, dann fahren Sie ruhig nach Hause.«

Rolf Weimers sah erleichtert aus, als er das hörte. Die Tatsache, dass seine Frau wohl nur noch auf dem großen Meer sein konnte, da man auf der Insel keine Spur von ihr fand, schnürte ihm offensichtlich die Kehle zu.

»Gut, dann werde ich morgen abreisen«, sagte er erleichtert. »Verstehen Sie mich nicht falsch, ich weiß, dass Regina wieder auftaucht.«

»Bitte kommen Sie morgen vorher noch einmal bei mir vorbei«, bat Eva, »bevor Sie abfahren. Okay?«

»Ja sicher.« Erleichtert verließ er die Dienststelle.

Eigentlich komisch, dachte Eva. Hat nichts Besseres zu tun, als zu verschwinden. Doch nachvollziehen konnte sie es auch. Regina Weimers war und blieb verschwunden, obwohl man die Insel mittlerweile auf den Kopf gestellt hatte. Sie musste irgendwo auf dem Festland sein. Deshalb war es sicher gar nicht so schlecht, wenn Rolf Weimers jetzt nach Hause fuhr und die Kollegen ihm dort auf den Fersen blieben. Sie rief dort an und informierte sie darüber und orderte eine Überwachung an, sobald er zuhause angekommen war.

Tag 2

Bin ich noch da? Mein Mund ist trocken. Ich kann nicht mehr atmen. Es fühlt sich alles leer an. Warum bin ich hier? Ich habe doch vertraut. Niemandem mehr auf der Welt kann man glauben. Ich höre etwas. Es knistert. Oder flüstert jemand. Ich werde verrückt. Ich habe keine Hände mehr. Es ist egal, ob ich meine Augen öffne oder schließe. Es ist immer dunkel. Alles ist so dunkel um mich herum. Ich liege in meinem Grab. Es riecht nach nichts. Ich habe Angst, den Kopf zu bewegen. Ich habe Angst, meine Arme zu bewegen und zu spüren, dass ich in einem Kerker bin. Einer Falle, aus der ich nie wieder herauskommen werde. Soll ich beten? Nach so vielen Jahren fällt es mir schwer, an Gott zu glauben. Und doch ist es jetzt das Einzige, was mir noch bleibt. Vielleicht meinen die Menschen das, wenn sie sagen, dass der Glaube ihre letzte Hoffnung ist.

Charly

Jürgen hatte an diesem Morgen keine Lust, aufzustehen. Und das war neu für ihn. Zog Eva ihn herunter? Es konnte schließlich nur an ihrem Verhalten liegen, dass er sich plötzlich fragte, warum er überhaupt noch aufstehen sollte. Das passte nicht zu ihm und war ärgerlich. Sicher, er liebte Eva. Doch auch um jeden Preis? Es gab so viele Frauen, die sicher viel weniger kompliziert waren als sie. Sollte er mit ihr Schluss machen? Oder war sie vielleicht auf dem besten Wege, ihm zu sagen, dass es einfach nicht funktionierte mit ihnen beiden? Er war ja nicht dumm und merkte, wenn er lästig wurde.

Ärgerlich stieg Jürgen dann doch schließlich aus dem Bett. Egal, wie es mit ihm und Eva weiterging, er würde weiterhin der nette Mann in der Touristinfo bleiben. Ein anderes Leben gab es schlichtweg nicht für ihn.

Durch die Querelen der letzten Tage hatte sich seine Magenschleimhaut wieder empfindlich zu Wort gemeldet und er trank statt Kaffee lieber einen Pfefferminztee. Die Sonne schien durchs Küchenfenster und hob seine Laune an. Einfach mal den Kopf freikriegen, dachte er und zog sich seine Turnschuhe an, um vor der Arbeit noch eine halbe Stunde am Strand zu laufen.

Dort traf er auch auf die ersten Urlauber, die die gute Stimmung am Meer genossen. Seine Entscheidung war richtig gewesen. Einige von ihnen waren schon bei ihm in der Touristinfo gewesen und grüßten ihn freundlich.

Er war eine gute Viertelstunde gelaufen, als er einen Hund am Wasser entlanglaufen sah. Es gab viele Menschen, die sich selbst für so einen kurzen Zeitraum auf der Insel nicht von ihren Vierbeinern trennen konnten. Er selber hatte noch nie das Bedürfnis gehabt, einen Hund zu besitzen. Sicher gehörte das Tier einem älteren Ehepaar, dachte Jürgen, die nicht mehr so gut zu Fuß waren und der Hund war vorausgelaufen. Als er in unmittelbarer Nähe des Tieres lief, sah er, dass der Hund seine Leine mit sich zog. Das war allerdings komisch. Jürgen blieb stehen und sah sich um. Es war niemand zu sehen, der nach einem Hund Ausschau hielt. Als der Hund ihn sah, kam er freudig auf ihn zugelaufen.

»He du, wo ist denn dein Frauchen?«, fragte Jürgen das Tier, das ziemlich verdreckt und irgendwie hungrig aussah. Hatte Eva nicht etwas von einem Hund erzählt, als sie von der vermissten Frau sprach? Er wusste es nicht mehr genau. Aber was war, wenn das hier der Hund war? Wo war dann die Besitzerin? »Willst du mitkommen?«, fragte er den Hund und dieser begann augenblicklich, freudig mit dem Schwanz zu wedeln. »Na gut«, sagte Jürgen und griff nach der Leine. Der Hund folgte ihm ohne Gegenwehr.

»Jürgen?«, fragte Eva erstaunt, als er die Tür zur Dienststelle aufstieß.

»Ich bringe dir hier jemanden«, sagte er nur und zog den Hund durch die Tür und schloss sie hinter sich.

»Was ist das für ein Hund?«

»Keine Ahnung. Er lief herrenlos am Strand. Ich dachte, es ist vielleicht ...«

»Der Hund von Regina Weimers?«, vollendete Eva seinen Satz.

»Ich war mir nicht mehr so sicher, ob sie wirklich einen Hund hatte, aber ...«

»Doch doch. Und es ist auch ein Golden Retriever. Also ist dieser Frau doch etwas Schlimmeres passiert.« Eva runzelte die Stirn. »Am besten, ich rufe sofort bei Rolf Weimers an, damit er den Hund identifiziert.«

»Okay. Ich warte hier.«

Eva griff zum Telefon.

»Er wird gleich hier sein. Also, wenn du willst, dann kannst du jetzt ...«

»Nein, lass man. Jetzt will ich auch wissen, ob das der Hund von dieser Frau ist.«

»Okay«, murmelte Eva.

Es hing eine dunkle Wolke über ihnen. Es wurde still. Keiner von beiden war in der Lage, den üblichen oberflächlichen Alltagston anzuschlagen. Es hing zu viel Unausgesprochenes im Raum.

Der Einzige, dem das völlig schnuppe zu sein schien, war Charly. Er leckte immer wieder dankbar an Jürgens Händen.

»Vielleicht hat er Durst«, mutmaßte er, »schließlich lief er am Strand, aber das Salzwasser kann er ja nicht trinken.«

»Ich guck mal, ob ich was finde, woraus er trinken kann«, sagte Eva dankbar für diese Beschäftigung. Sie füllte eine Plastikschüssel, in der sie mal irgendwann ein Müsli mitgebracht hatte, mit Leitungswasser und stellte sie vor Charly ab. Der Hund schlabberte dankbar.

Dann ging die Tür auf. Rolf Weimers starrte von einem zum anderen.

»Ist das Ihr Hund?«, fragte Eva, die sich wunderte, dass der Hund sich nicht beim Trinken stören ließ, selbst als sein Herrchen eintrat.

»Ja«, sagte Rolf Weimers. »Wo ist Regina?«

»Das wissen wir noch nicht«, sagte Eva. »Jürgen hat Ihren Hund am Strand aufgelesen. Er lief dort alleine herum.«

»Oh Gott, dann ist ihr etwas passiert«, sagte Weimers jetzt sichtlich erschüttert. Er ging neben dem Hund in die Knie und schlang seine Arme um ihn. »Wo ist das Frauchen?«, fragte er mit bebender Stimme.

Konnte das gespielt sein?, fragte sich Eva beim Anblick dieses Schauspiels und warf Jürgen einen fragend Blick zu. Dieser zuckte nur mit den Schultern.

»Ich werde den Kollegen Bescheid geben, dass der Hund gefunden wurde«, sagte Eva, »damit die Suche noch einmal verstärkt wird.«

Insgeheim wuchs ihre Sorge, dass Regina Weimers ins Meer gegangen war.

»Es ist sicher das Beste, wenn Sie jetzt mit dem Hund ins Hotel gehen«, sagte sie dann wieder an Weimers gewandt. »Wir werden Sie sofort informieren, wenn wir Ihre Frau gefunden haben.«

»Sie glauben jetzt auch wohl nicht mehr daran, dass sie noch lebt, oder?«, fragte Weimers mit tränenerstickter Stimme. Sein freches Selbstbewusstsein war wie ein Kartenhaus zusammengefallen.

»Ich gebe die Hoffnung nie auf«, sagte Eva mit fester Stimme. »Und das sollten Sie auch nicht tun. Gehen Sie jetzt ins Hotel und kümmern sich um das Tier.« Sie zeigte auf den Hund. »Er hat bestimmt Hunger.«

Rolf Weimers strich dem Tier über den Kopf. »Charly, wo ist das Frauchen?« Der Hund wedelte wieder vor Freude. Wie hätte er auch wissen können, dass die Menschen hier im Raum fast jede Hoffnung aufgegeben hatten.

»Und jetzt?«, fragte Jürgen, als er wieder mit Eva alleine war.

»Ich weiß es nicht, aber es sieht nicht gut aus. Dafür ist sie eigentlich schon zu lange weg. Und jetzt auch noch der Hund ...«.

»Ich kann hier jetzt sicher nicht mehr viel tun?« Jürgen erhob sich vom Stuhl.

»Du hast schon jede Menge getan«, antwortete Eva. Unschlüssig stand sie da. Dann schließlich ging sie auf Jürgen zu und sah ihm direkt in die Augen. »Gib mir ein bisschen Zeit«, sagte sie. »Manchmal bin ich einfach ... ach, ich weiß es doch auch nicht. Aber es ist nicht gegen dich gerichtet, das musst du mir glauben.«

Jürgen sah, dass sich in ihren Augenwinkeln Tränen sammelten. Sein Ärger über sie war mit einem Mal verflogen. Wenn es nicht gegen ihn ging, dann war für ihn die Welt wieder in Ordnung. Alles andere würde sich regeln.

»Ich bin immer für dich da Eva, das weißt du«, sagte er und machte Anstalten, die Arme um sie zu legen. Doch Eva wehrte ab.

»Gib mir noch etwas Zeit«, wiederholte sie und ging zu ihrem Schreibtisch.

Jürgen verließ die Dienststelle, ohne sich noch einmal nach ihr umzudrehen. Doch hätte er es getan, dann hätte er gesehen, dass Eva schon wieder lächelte.

Wo bin ich?

Das Erste, was sie spürte, war ein stechender Schmerz im Kopf. Wie lange hatte sie hier gelegen? Und wo war sie überhaupt? Alles fühlte sich klamm an. Es war dunkel und nur ein fahler Lichtschein sorgte überhaupt dafür, dass sie die Umrisse einer alten Tür erkannte.

So langsam kam sie wieder zu sich und rieb sich durchs Gesicht. Sie saß auf dem Boden. Es war schmutzig hier drin. Sie ließ ihren Blick wandern. Wo war sie nur? Langsam kehrten auch die letzten Gedankenfetzen in ihr Gedächtnis zurück, an die sie sich erinnern konnte. Sie war gelaufen. Einfach immer weiter in eine unbestimmte Richtung. Ja, jetzt sah sie es wieder vor sich. Der Mond hatte geschienen. Die Stimmen des nächtlichen Treibens hatte sie irgendwann hinter sich gelassen.

Charly war neben ihr gelaufen. Wo war der Hund? »Charly«, sagte sie laut. Doch er war nicht da, das spürte sie. Vorsichtig ging sie auf die Knie und hielt sich an der Wand fest, um hochzukommen. Es klirrte. Sie war mit dem Fuß gegen etwas getreten. Eine leere Flasche. Jetzt erinnerte sie sich auch daran, dass sie diese geleert hatte. Und zwar aus Frust. Es war immer das Gleiche, wenn sie etwas zusammen machten. Erst war alles in Ordnung, doch irgendwann tickte er dann aus. Es war eine Beziehung, die oft am seidenen Faden hing. Und trotzdem kamen sie nicht voneinander los.

Als sie sicher auf den Füßen stand, atmete sie tief durch. Sie hatte Durst. Sie musste hier raus. Ihre Augen hatten sich an das Licht gewöhnt und sie sah jetzt, dass es ein heruntergekommener Raum war. Sicher war es ein Haus, das leer stand. Aber sie waren doch auf Langeoog. Gab es da so etwas überhaupt? Jetzt war sie wieder völlig klar. Sie ging in Richtung Tür und öffnete sie. Jetzt stand sie in einem hellen Flur, in dem die Tapeten von den Wänden hingen. Sie ging zur nächsten Tür und stand im Freien. Die Sonne brannte vom Himmel.

Sie war noch gar nicht so lange in eine Richtung gelaufen, als sie schemenhaft einen Menschen erkannte. Sie liefen immer weiter aufeinander zu.

»Mein Gott was ist denn mit Ihnen passiert?«, fragte der Mann, als er sie erreicht hatte.

»Ich weiß es nicht mehr«, sagte sie und drohte das Gleichgewicht zu verlieren. Sie war so durstig.

»Kommen Sie«, er legte stützend einen Arm um sie. »Ich werde Hilfe rufen.« Er zog sein Handy aus der Jackentasche.

Eva hatte sich gerade einen Kaffee gemacht, als sie die Nachricht der Kollegen erreichte, dass man vermutlich Regina Weimers am Strand gefunden hatte.

»Ich bin sofort da«, sagte sie atemlos und machte sich auf den Weg.

Sie traf dann auf halber Strecke auf die Sanitäter, die Regina Weimers auf eine Trage gelegt und erstversorgt hatten.

»Es sieht danach aus, dass ihr nichts weiter fehlt«, sagte der eine. »Sie muss nur wieder zu Kräften kommen.«

»Aber wo um Himmels ist sie die letzten Tage gewesen?«, fragte Eva, die immer noch nicht glauben konnte, dass man sie nicht früher gefunden hatte.

»Das wissen wir noch nicht. Ein Mann hat sie am Strand aufgelesen. Bisher hat sie noch nichts gesagt.«

»Ich will sie so schnell wie möglich vernehmen«, sagte Eva.

»Kann ich verstehen«, erwiderte der Sanitäter. »Ich denke, sie ist auch stabil genug dafür. Wir werden sie zu ihrem Hotel bringen, dann weiß auch der Mann Bescheid.«

»Okay, dann sagt ihm bitte, dass er mit ihr zu mir kommen soll.«

»Alles klar.«

Der Krankenwagen fuhr weiter.

Eva machte sich auf den Weg zur Touristinfo. Jürgen hatte es verdient, als nächster davon zu erfahren, dass Regina Weimers wieder da war und noch lebte.

»He, das ist doch klasse«, sagte er, als sie ihm die gute Nachricht überbracht hatte. In der Touristinfo war heute der Teufel los, deshalb ging sie auch schnell wieder.

Auf dem Weg zur Dienststelle kam sie an einer Bäckerei vorbei, die sie mit dem Duft nach frischem Kaffee und Kuchen hineinlockte. Sie entschied sich für einen Käsekuchen und einen Berliner und nahm beides mit. Den Kaffee würde sie sich in der Dienststelle machen.

Als sie endlich dort ankam, hatte sie das erste Mal Gelegenheit, sich alles noch einmal durch den Kopf gehen zu lassen.

Was war Regina Weimers geschehen? Warum war ihr offensichtlich der Hund weggelaufen? Und was hatte Rolf Weimers damit zu tun?

Immer wieder sah sie auf die Uhr. Sie fand, es war nun wirklich genug Zeit vergangen.

Und dann ging endlich nach einer halben Ewigkeit, in der Eva drei Tassen Kaffee trank und den Kuchen verdrückte, die Tür auf. Doch statt des Ehepaares Weimers streckte Jürgen seinen Kopf herein.

»Jürgen?«, fragte sie. »Was willst du hier?«

»Deine Begrüßungen waren auch schon mal netter«, sagte er geknickt.

»Sorry, aber ich warte auf die verschwundene Frau und ihren Mann«, sagte Eva frustriert. »Eigentlich müssten sie schon längst hier sein.«

»Eben, deshalb bin ich nämlich hier. Sie sind abgehauen.«

»Abgehauen? Was soll das heißen?«

»Ich hab gesehen, wie sie mit dem Hund Richtung Inselbahn gelaufen sind. Irgendwie kam mir das komisch vor. Deshalb bin ich auch gleich hierher ...«.

»Ich verstehe nur noch Bahnhof«, schnaubte Eva. »Wieso hauen die ab? Ich muss sie doch noch befragen.«

Sie schnappte sich ihr Handy und ging zur Tür. »Los, vielleicht holen wir sie noch ein«, sagte sie.

Doch sie kamen zu spät. Die Fähre hatte bereits abgelegt.

»So ein verdammter Mist«, schimpfte Eva und stampfte mit dem Fuß auf. »Das darf doch alles nicht wahr sein. Diese beiden haben bestimmt Dreck am Stecken, sonst wären sie doch nicht durchgebrannt.«

Jürgen stand hilflos daneben. Was hätte er auch sagen sollen?

»He, sei froh, dass sie weg sind«, meinte er.

»Du bist gut. Die beiden haben schließlich den gesamten Polizeiapparat hier auf Langeoog in Atem gehalten.«

»Ich weiß. Aber was nützt es denn, wenn man sich aufregt?«

»Ach, du hast recht. Aber irgendwas stimmt mit diesem Pärchen nicht, da bin ich ziemlich sicher. Lass uns zurückgehen.«

Sie trennten sich an der Touristinfo und verabredeten, sich am Abend wieder beim Italiener zu treffen.

Ende gut, alles gut?

Eva hatte eigentlich gar keinen Hunger, als sie beim Italiener ankam. Man wusste immer noch nicht, wo Regina Weimers die ganze Zeit gewesen war.

»Ich brauche jetzt erst mal einen Schnaps«, sagte sie, als sie sich zu Jürgen an den Tisch gesetzt hatte. Er gab dem Ober ein Zeichen.

»Es ist sicher nur eine Frage der Zeit, man wird die Lösung schon noch finden«, sagte Jürgen.

»Das ist doch echt verrückt, oder? Da macht der Mann einen Riesen Terz, weil seine Frau weg ist und dann haben die beiden es noch nicht einmal nötig, die Sache aufzuklären.«

Der Ober stellte zwei Gläser auf den Tisch und verschwand wieder.

»Prost«, sagte Eva und stürzte den Schnaps mit einem Zug herunter.

Jürgen tat es ihr gleich. Er war jetzt am Ende seines Lateins. Ihm fiel nichts mehr ein, womit er sie trösten oder gar ablenken konnte.

Dann kam auch schon die Pizza, die Jürgen bereits bestellt hatte.

Eva stocherte in dem Käse herum.

»Du hast wohl gar keinen Hunger, was?«, fragte Jürgen.

»Ehrlich gesagt nicht«, gab Eva zu. »Ich fürchte, ich bin heute Abend nicht sehr unterhaltsam.«

»Das warst du noch nie«, sagte Jürgen trocken und Eva fiel die Kinnlade runter. »He, das war nur ein Scherz«, beschwichtigte er schnell und kicherte. Er hatte ihr bereits zwei Schnäpse und einen Wein voraus und war offensichtlich angeheitert.

»Hm ... vielleicht ist da schon ein Fünkchen Wahrheit drin«, sagte Eva kleinlaut. »Meistens bin ich doch unausstehlich.«

»Na ja, zu achtzig Prozent würde ich sagen.« Er griff wieder zu seinem Wein.

»He, du willst es dir wohl heute unbedingt mit mir verderben«, sagte Eva unwirsch.

»Das ist doch immer ganz leicht«, sagte er und grinste sie an. »Es ist doch egal, was ich mache, meistens ist es falsch. Da kann ich doch auch gleich aufhören, mich darum zu bemühen, es dir recht zu machen.«

»Mir muss man gar nichts recht machen«, fauchte Eva. »Ich habe nicht darum gebeten, dass du mir ständig nachrennst.« Jetzt brauchte sie auch einen großen Schluck Wein und setzte das Glas an.

»Eva, es ist immer das Gleiche mit dir. Aus einem harmlos dahingeworfenen Satz machst du gleich wieder eine Staatsaffäre«, sagte Jürgen jetzt ernst. »Und genau das ist das Problem an unserer Beziehung.«

Eva stellte ihr Glas auf den Tisch. Ihr Blick war knallhart, als sie sagte: »Wie kommst du eigentlich darauf, dass wir eine Beziehung haben?« Dann stand sie auf und machte Anstalten, zur Tür zu gehen.

»Bleib bitte«, sagte Jürgen schnell.

Doch sie hörte nicht mehr hin und war mit wenigen Schritten auch schon draußen.

Vor der Tür atmete sie tief durch. Was ist bloß mit mir los?, fragte sie sich. Dann stand plötzlich jemand hinter ihr. »Es tut mir leid«, sagte sie. Doch es kam keine Reaktion. Im nächsten Moment wurde es ihr schwarz vor Augen.

Etwas stimmt da nicht

Er hatte sich als Erstes einen Whisky eingeschenkt, nachdem er seinen Koffer mit den schmutzigen Sachen in den Wirtschaftsraum gestellt hatte.

Die Geschäfte waren gut gelaufen, er war zufrieden. Er setzte das Glas an und kurz darauf brannte es in seiner Kehle. Wenn alles gut mitlief, dann würde er spätestens in einem halben Jahr seine Verluste des letzten Quartals mehr als wettgemacht haben.

Er würde dieses gute Gefühl jetzt gerne mit Regina teilen und er wunderte sich, dass sie noch nicht zuhause war. Sie wusste doch, dass er heute zurückkam. Vielleicht hatte sie beim Einkauf noch eine Freundin getroffen. Und eine genaue Zeit seiner Rückkehr hatte er ihr ja auch nicht genannt, musste er fairerweise eingestehen.

Er lockerte seine Krawatte und knöpfte sein Hemd auf. Sicher wäre sie da, wenn er aus der Dusche kam.

Auf dem Weg nach oben ins Badezimmer fiel ihm auf, dass gar keine Post auf der Anrichte im Flur lag. Das wunderte ihn, weil er doch zwei Wochen weg gewesen war. Regina sammelte immer alles für ihn und legte es dorthin. Ob sie die Post diesmal woanders hingelegt hatte? Er hatte jetzt keine Lust, in seinem Arbeitszimmer nachzusehen und ging weiter nach oben.

Das warme Wasser tat gut. Die lange Autofahrt war anstrengend gewesen. Er war nicht mehr der Jüngste, dachte er und lächelte in sich hinein, als er an sich heruntersah. In dieser Beziehung gehörte er allerdings noch nicht zum alten Eisen. Eine Geschäftspartnerin aus Berlin hatte ihn ganz schön heißgemacht. Den ersten Abend hatte er noch widerstanden und war dann schließlich mit ihr im Bett gelandet. Auch Frauen, die selber erfolgreich waren, standen auf Männer, die etwas erreicht hatten im Leben. Ob er sie wiedersehen würde? Besser nicht, dachte er und schäumte seine Haare ein.

Als er fertig war und im Schlafzimmer seinen bequemen Hausanzug überstreifte, horchte er mit halbem Ohr in den Flur. Da war nichts zu hören. War Regina vielleicht immer noch nicht zurück? Langsam beschlich ihn ein komisches Gefühl in der Magengegend. Er zog seine Hausschuhe an, lief die Treppe herunter und rief nach ihr.

Er bekam keine Antwort.

Was ist mit Eva los?

Jürgen hielt Evas Hand, als sie die Augen wieder aufschlug.

»Wo bin ich?«, fragte sie.

»Es wird alles wieder gut«, beruhigte Jürgen sie. »Du bist in Ohnmacht gefallen.«

»In Ohnmacht?«, wiederholte Eva ungläubig.

»Ja, als du gegangen warst. Direkt vor dem Restaurant bist du zusammengeklappt. Ein Gast, der gerade eine rauchen wollte, hat dich gerade noch abfangen können, bevor du aufs Pflaster gefallen bist.«

Eva verzog den Mund. »Das haben sicher alle mitbekommen, oder?«

»Nein, so schlimm war es nun auch wieder nicht. Der nette Mann hat sofort einen Krankenwagen gerufen und man hat dich zu deiner Wohnung gebracht, nachdem klar war, dass es wohl nur ein kleiner Schwächeanfall gewesen ist.«

»Schwächeanfall«, echote Eva. Sie schien am Boden zerstört.

»Man hat dir ein Beruhigungsmittel gegeben, deshalb hast du auch so lange geschlafen.«

»Ich verstehe das nicht. Ich weiß nur noch, dass ich gegangen bin, als ...«

»Ach, lass uns das Ganze vergessen«, meinte Jürgen schnell. Er hatte keine Lust dazu, dass sie jetzt über ihren blöden Auftritt sprachen.

»Ja, das ist gut. Ich kann mich sowieso kaum noch erinnern«, sagte Eva.

Gott sei Dank, dachte Jürgen bei sich.

»Möchtest du vielleicht einen Tee? Ich könnte einen machen.«

»Ja, das wäre gut. Ich habe Durst«, antwortete Eva.

Als Jürgen das Schlafzimmer verlassen hatte, griff sie als Erstes zu ihrem Handy. Es gab nur einen verpassten Anruf. Die Vorwahl kam ihr bekannt vor. Genau, das war Münster. Ob ein Kollege von dort versucht hatte, sie zu erreichen? Sie waren ja noch immer damit beschäftigt, das Haus von Rolf Weimers zu observieren, falls seine Frau Regina wieder auftauchte. Sie hatte es in der ganzen Aufregung nicht geschafft, dort Bescheid zu geben, dass man sie längst gefunden hatte. Sie drückte den Rückruf.

»Hallo, Eva Sturm hier, Langeoog. Ihr hattet versucht, mich zu erreichen.«

»Hallo Frau Sturm, ja in der Tat«, kam es vom anderen Ende. »Wir haben da auf Ihren Wunsch eine Observation laufen.«

»Ich weiß, Rolf und Regina Weimers. Aber die Sache hat sich erledigt, die Frau ist wieder aufgetaucht.«

»Aufgetaucht?«, fragte der Kollege.

»Ja, sie ist plötzlich am Strand aufgetaucht. Und dann ist sie mit ihrem Mann samt Hund einfach abgehauen, ohne dass ich weiß, was mit ihr geschehen war. Ich war stinksauer.«

»Hm ... das ist komisch«, meinte der Kollege.

»Na ja, komisch fand ich das eigentlich nicht.«

»Nein, das meine ich nicht. Komisch ist, dass hier gerade ein Mann aufgetaucht ist, der seine Frau als vermisst gemeldet hat.«

»Vermisst? Wer?«

»Er sagt, dass seine Frau nicht zu Hause ist. Das wäre schon etwas ungewöhnlich.«

»Okay, aber was hab ich denn mit der Sache zu tun?«, fragte Eva, die dankbar nickte, als Jürgen den dampfenden Becher Tee auf ihrem Nachttisch abstellte.

»Nun ja«, sagte der Kollege, »er heißt Rolf Weimers und hat seine Frau Regina als vermisst gemeldet.«

»Wie bitte?!«, rief Eva und saß plötzlich kerzengerade im Bett. »Er hat Regina Weimers als vermisst gemeldet?«

»Ja, ganz genau. Das kam uns auch komisch vor, deshalb habe ich Sie sofort angerufen.«

»Das war gut«, sagte Eva, die im Moment nicht wusste, wo ihr der Kopf stand. Das Beruhigungsmittel wirkte immer noch nach und sie kam mit ihren Gedanken nicht so recht ins Reine. »Kann es sich dabei vielleicht um eine Verwechslung handeln?«, fragte sie dann.

»Das ist ausgeschlossen«, bekam sie zur Antwort. »Der Mann wohnt in dem Haus, dass wir für Sie beobachtet haben.«

»Und er heißt Rolf Weimers und vermisst seine Frau Regina?«

»Ja, das stimmt«, bestätigte der Kollege jetzt schon leicht genervt.

»Hat Sie den Hund mitgenommen?«

»Welchen Hund?«

»Na, Regina Weimers hat einen Golden Retriever.«

»Nein, von einem Hund war nicht die Rede.«

»Okay«, sagte Eva, »ich muss hier eine Kleinigkeit erledigen und dann melde ich mich gleich nochmal.« Sie beendete das Gespräch, ohne auf eine Antwort zu warten.

»Ich brauche einen Kaffee«, sagte sie zu Jürgen und machte Anstalten, aus dem Bett zu steigen.

»Eva, was ist los? Meinst du nicht, du solltest noch ein bisschen liegen bleiben? Ich habe dir Tee gemacht.«

»Ich muss jetzt hoch, da ist was Komisches passiert. Ein Rolf Weimers hat seine Frau Regina als vermisst gemeldet. Ich habe eben mit einem Kollegen aus Münster gesprochen.«

»Das verstehe ich nicht. Die können doch gerade erst wieder zuhause sein und schon ist die Alte wieder weg?« Jürgen kräuselte die Stirn.

»Ich verstehe das auch nicht, aber darum brauche ich jetzt dringend einen Kaffee, damit ich wieder richtig wach werde.« Sie stieg aus dem Bett und lief in kleinen Schritten ins Bad.

Als sie geduscht hatte, ging es Eva schon viel besser. Was lief da in Münster? Ob sie runterfahren sollte? Sie zog sich ihren Jogginganzug an und wuschelte sich durchs nasse Haar.

Jürgen hatte tatsächlich Kaffee angesetzt, als sie in die Küche kam.

»Danke, das ist lieb von dir«, sagte sie und setzte sich an den Tisch. Im nächsten Moment wählte sie wieder die Nummer des Kollegen in Münster.

»Ja, hier nochmal Eva Sturm, Entschuldigung, dass ich eben so aufgelegt habe. Aber jetzt kann ich reden ...«

»Na dann. Also wie gesagt, es ist eine Vermisstenmeldung reingekommen zu einer Regina

Weimers, die Sie offensichtlich auch schon auf Langeoog vermisst haben.«

»Können Sie mir vielleicht ein Foto von ihr schicken?«

»Ja sicher, der Ehemann hat eins hiergelassen für die Fahndung.«

»Ihr wollt jetzt schon aktiv werden?«

»Nein, natürlich warten wir die obligatorischen achtundvierzig Stunden ab, aber er wollte, dass wir dann schon was in der Hand haben.«

»Umso besser. Sie können es mir ja gleich per SMS schicken.«

»Mach ich.«

»Von dem Mann haben Sie sicher kein Foto, nehme ich an.«

»Doch, er hat auch eins abgegeben, wo sie beide drauf sind.«

»He, das ist doch gut. Das hätte ich auch gerne.«

Sie verabschiedeten sich und legten auf.

Kurz darauf gingen die Bilder ein.

»So ein verdammter Mist«, schimpfte Eva, als sie nach dem Kaffeebecher griff, den Jürgen ihr hinhielt.

»Was ist denn?«, fragte er.

»Das Pärchen hier auf der Insel waren Hochstapler«, antwortete sie und hielt ihm ihr Handy hin. »Das hier auf dem Foto sind Rolf und Regina Weimers.«

»Und das sind nicht die beiden, die hier auf der Insel waren?«

»Nein, auf gar keinen Fall. Ich weiß nicht, wer die beiden waren, die uns hier auf Trapp gehalten haben. Aber sie kommen vermutlich nicht aus Münster und deshalb sind sie auch abgehauen.«

»Aber warum haben sie falsche Identitäten genutzt, als sie hier waren?«

»Tja, das wüsste ich auch gerne. Und warum war die Frau hier auf der Insel verschwunden? Es ist alles sehr mysteriös, wenn du mich fragst. Das Ehepaar aus Münster hat übrigens gar keinen Hund.«

»Hm, selbst Hunde gehören also jetzt schon zu den Gaunern«, meinte Jürgen und grinste verschmitzt.

»Ach was, der Hund kann doch nichts dafür. Aber ich frage mich, wer die beiden waren. Ich muss sofort in die Dienststelle und die Verbrecherkartei durchgehen. Bestimmt haben die noch viel mehr auf dem Kerbholz.«

»Das solltest du lieber auf morgen verschieben«, mahnte Jürgen. »Du willst doch nicht schon wieder zusammenklappen. Der Arzt meinte, du solltest dich ausruhen.«

»Solange das nicht geklärt ist, kann ich mich nicht ausruhen«, sagte Eva bestimmt.

»Dann komme ich aber mit und ich dulde keine Widerrede.«

Sie machten sich kurz darauf auf den Weg.

Welcher Tag ist heute?

Ich spüre, dass es mit mir zu Ende geht. Und ich weiß nicht einmal, welcher Tag es ist, an dem ich sterben werde. Meine letzten Gedanken gehen durch meinen Kopf. Die Abstände, bis ich wieder zu Bewusstsein komme, werden immer größer. Ich spüre meinen Körper jetzt nicht mehr, und das tut gut. Denn dann tut mir auch nichts mehr weh. Nur mein Herz, es schlägt noch leicht in meiner Brust. Wie ein kleines Vögelchen, das versucht, aus einem Käfig zu entfliehen. Ich werde es diesem kleinen Vogel leicht machen. Ich höre einfach endgültig auf zu atmen, damit er endlich sterben kann.

Doch so leicht ist es gar nicht, einfach zu sterben, geht es mir durch den Kopf. Da ist etwas ganz tief in einem drin, das unbedingt leben möchte. Aber warum, frage ich mich. Lass mich doch einfach gehen, kleines Vögelchen. Dann wird es uns beiden besser gehen.

Bevor ich die Augen wieder schließe, obwohl es keinen Unterschied macht, ob ich sie öffne oder nicht, weil ich sowieso nichts sehen kann, sage ich davor noch einmal seinen Namen mit letzter Kraft. Ich hatte so gehofft, dass er mich finden würde. Ich wollte ihm so gerne noch sagen, dass es mir leidtut. Es gibt so vieles, was ich ihm noch erklären müsste, bevor ich mit meinem Vögelchen für immer gehe. Jetzt werde ich mein Leben aushauchen und er wird nie erfahren, wie sehr ich ihn geliebt habe.

In der Dienststelle

»Ich verstehe das einfach nicht«, sagte Eva, als ihre Augen brannten, nachdem sie über eine Stunde nur auf den Bildschirm gestarrt hatte. »Sie sind nicht in der Kartei.«

»Das kann doch auch sein«, meinte Jürgen.

»Ich weiß nicht. Dieser Rolf Weimers, oder wie immer der Mann auch heißt, der mich hier auf der Insel angelogen hat, er war ja schließlich auch schon über dreißig. Da steckt bestimmt mehr dahinter. Er wirkte so überzeugend, als er mich angelogen hat, das war bestimmt nicht das erste Mal.«

»Dann ist er bisher vielleicht nie erwischt worden«, meinte Jürgen pragmatisch.

»Mensch Jürgen, du hast recht, das könnte tatsächlich die Lösung sein, auch wenn es mir lieber wäre, du würdest dich irren. Aber wenn sie noch nicht erfasst sind, dann kann ich wirklich lange suchen.«

»Weißt du, was ich mich gerade frage ...«

Eva schüttelte den Kopf.

»Du hast diesen Rolf Weimers doch auf Facebook gefunden, wieso ist dir denn da nicht aufgefallen, dass es nicht derselbe war wie der Mann, der hier seine Frau als vermisst gemeldet hat?«

»Tja, das habe ich mich auch schon gefragt«, gab Eva zu. »Aber auf den Bildern auf Facebook, da ist nur seine Frau gut auf den Fotos zu sehen. Er selber hält sich meistens im Hintergrund, wenn er seine protzigen Autos postet oder von seinen Urlauben schwärmt. Das könnte damit zu tun haben, dass er seinem Arbeitgeber keine Angriffsfläche bieten möchte. Man weiß ja, dass diese heutzutage genau hingucken, was ihre Mitarbeiter so treiben und ob sie sie vielleicht sogar in Verruf bringen könnten mit ihren Bildern.«

»Das könnte eine Erklärung sein«, stimmte Jürgen zu. »Und bei seiner Frau war ihm das wohl egal.«

»Anscheinend. Sie ist immer deutlich auf den Fotos zu sehen. Und ich könnte mir in den Hintern beißen, dass ich die Frau, die ihre Identität missbraucht hat, nicht genauer angesehen habe, als sie von den Sanis am Strand versorgt wurde.«

Jürgen nickte. »Du konntest aber doch nicht wissen, dass sie eine Hochstaplerin ist.«

»Ach verdammt, jetzt wird mir auch klar, warum mir der Typ kein Bild von seiner Frau gegeben hat, als ich ihn danach gefragt habe. Dann wären sie doch schon viel früher aufgeflogen.«

»Ganz schön verzwickt die Sache.«

»Ich brauche noch einen Kaffee«, sagte Eva und übte sich im Dackelblick.

»Willst du nicht lieber erst etwas essen?«, meinte Jürgen. »Muss ja nichts Großes sein, vielleicht nur ein Salat.«

Er macht sich echte Sorgen, dachte Eva und ihr Herz zog sich zusammen. Ich werde in Zukunft nicht mehr so zickig sein, schwor sie sich.

»Du hast recht«, stimmte sie zu. »Lass uns zum Italiener gehen und einen Salat essen. Ich glaube, das würde dir auch mal ganz gut tun.« Sie lächelte ihn an. Und für diesen Moment hätte Jürgen alles gegeben.

Sie gingen gemeinsam zur Tür, doch bevor er sie öffnete, zog Eva ihn nochmal zurück.

Sie sahen sich an und sagten nichts. Und doch wussten beide, dass jetzt alles wieder in Ordnung war. Er beugte sich zu ihr und drückte ihr einen Kuss auf die Wange. »Komm, bevor der Salat kalt wird«, sagte er und lachte.

»Ich muss unbedingt mit diesem echten Rolf Weimers sprechen«, sagte Eva, als sie bestellt hatten. Sie simste den Kollegen in Münster an und bat um dessen Telefonnummer. Dann wählte sie.

Jürgen beobachtete Eva, während sie mit dem Ehemann der Vermissten sprach. Vom Inhalt bekam er nicht viel mit, doch er sah deutlich, dass mit Eva irgendwas anders war, oder besser gesagt, sie war wieder die Alte. Über die Hintergründe, was sie in den letzten Tagen umgetrieben hatte, wollte er gar nichts mehr wissen. Es gefiel ihm, dass alles wieder ins Lot kam.

»Und, was hat er gesagt?«, fragte er, als sie das Handy wieder auf den Tisch legte.

»Wir müssen nach Esens«, sagte Eva.

»Hä?«

»Ja, es ist so, dass seine Frau Regina während seiner Geschäftsreise zu ihrer Schwester in Esens fahren wollte. Er hat schon bei ihr angerufen, doch sie geht nicht ans Telefon.«

»Verstehe«, sagte Jürgen und winkte dem Kellner und bestellte mit einer eindeutigen Bewegung zwei Schnäpse. »Dann lass uns gleich morgen früh die erste Fähre nehmen.«

»Eigentlich würde ich am liebsten sofort fahren«, sagte Eva.

»Tja, wenn da nicht dieses blöde Wasser wäre.«

»Eben.«

Der Kellner brachte den Schnaps.

»Prost«, Jürgen lächelte ihr zu.

»Auf dass ich nicht wieder vor der Tür zusammenklappe«, sagte Eva und lachte mit.

»Vielleicht solltest du gleich noch einen trinken, denn auf einem Bein kann man nicht stehen. Bewahrheitet sich wohl immer wieder.«

»Sehr witzig. Aber nun mal im Ernst, der echte Rolf Weimers hat mir eben erzählt, dass seine Frau auf jeden Fall wieder zurück sein wollte, wenn er wieder nach Hause käme. Deshalb sei er auch gleich zur Polizei gegangen. Es war nicht ihre Art, einfach wegzubleiben.«

»Und dass ihre Schwester nicht ans Telefon geht, ist auch merkwürdig. Du könntest in Wittmund anrufen, dass sie da mal vorbeigehen.«

»Das mache ich lieber selber.«

»Typisch. Aber du vergisst dabei, dass es ihr das Leben retten könnte, wenn die Kollegen jetzt schon dahin fahren.«

»Du gehst also davon aus, dass auch der Schwester etwas passiert sein könnte?«

»Ich weiß nicht, das herauszufinden ist dein Job. Aber ist doch komisch.«

»An diesem Fall ist alles komisch, da weiß ich gar nicht, wo ich anfangen soll.«

»Komm, es macht keinen Sinn, sich jetzt den Kopf zu zerbrechen«, meinte Jürgen. »Wir zahlen gleich und packen dann. Ich gehe nicht davon aus, dass wir morgen schon wieder zurückfahren werden.«

»Wieso das denn nicht?«

»Na ganz einfach, wenn du die Schwester nicht in Esens antriffst, dann willst du doch bestimmt weiter nach Münster zu diesem Weimers.«

»Und was sollte ich da?«

»Keine Ahnung, du findest immer einen Grund.«

»Quatsch«, sagte sie nur und sie aßen zu Ende und zahlten.

An Land

Jürgen durfte an diesem Abend bei Eva übernachten und war der glücklichste Mann auf der Welt. Jedenfalls bis zu dem Augenblick, als er das erste Mal versuchte, sie intensiv zu küssen. Da hatte sie ihn sachte weggeschoben und gesagt, dass sie müde sei.

Na ja, dann war er eben halb glücklich, hatte er gedacht und war selig neben ihr eingeschlafen.

Am Morgen war Eva schon um halb sieben aufgestanden, weil der falsche Weimers ihr nicht aus dem Kopf gegangen war. Sie hatte sogar von ihm geträumt. Sie musste daran arbeiten, dass schöne Männer ihr nicht mehr so zu Kopf stiegen, dachte sie, als sie sich ins Bad schlich, während Jürgen weiter tief und fest schlief, wie sie vermutete, als sie das leise Röcheln von seiner Seite vernahm.

Zugegeben, der echte Weimers war auch nicht gerade hässlich, dachte sie, als das warme Wasser auf ihren Rücken prasselte. Und er hatte auf seiner Facebook-Seite gelogen, was seinen Beruf betraf. Er war gar kein wissenschaftlicher Mitarbeiter an einer Universität und schon gar nicht Professor, sondern ein knallharter Geschäftsmann, der seine Finger hin und wieder an

Börsengeschäften verbrannte. Doch es gab ja keine Vorschrift, dass man auf Facebook nicht lügen durfte. Das taten sicher viele. Und so würde ihm auch nicht jeder seiner Kunden auf die Schliche kommen. Doch warum hatte er nicht einfach einen anderen Namen gewählt? So weit ging dann die Verschleierungstaktik auch wieder nicht.

Sie hatte so lange unter der Dusche gestanden, dass ihre Finger schon ganz runzelig wurden. Sie stellte das Wasser ab und griff nach einem Handtuch. Der Badezimmerspiegel war beschlagen, und das kam ihr gelegen.

»Eva?«, hörte sie Jürgen rufen, als sie in der Küche an der Kaffeemaschine hantierte.

»Ja?«

»Ich steh jetzt auf.«

»Das ist schön.«

Wir benehmen uns wie ein altes Ehepaar, dachte Eva irritiert. Auf der einen Seite war es zugegebenermaßen ein schönes Gefühl, dass da jemand war. Doch sie spürte, dass es da noch etwas anderes gab, das diesem guten Gefühl im Wege stand. Sie konnte nur noch nicht sagen, was es eigentlich war. Doch für derartige Grübeleien blieb ihr im Moment zum Glück keine Zeit. Sie würden gleich nach

Esens fahren und nachsehen, was es mit der Schwester von Regina Weimers auf sich hatte. Vielleicht würde ihre Aussage ja Licht ins Dunkel bringen.

Eine Stunde später saßen sie auf der Fähre. Die Sonne wärmte bereits und sie saßen auf dem Oberdeck.

»Du hättest nicht unbedingt mitzukommen brauchen, das weißt du«, sagte Eva, als sie den Wellen zusah.

»Eva, es gab Zeiten, da fandest du es selbstverständlich, dass ich mitkomme«, sagte Jürgen. »Da kam es dir sogar gelegen.«

»Du hast recht«, gab Eva zu. »Ich glaube, seitdem wir ... du weißt schon.«

»Zusammen sind?«, half Jürgen nach.

»Hm. Wie dem auch sei, ich finde, da hat sich was verändert.«

»Das will ich doch hoffen. Aber du scheinst mit dieser Veränderung nicht so ganz glücklich zu sein.«

»So kann man das nicht sagen.« Eva war froh, dass sie endlich darüber sprechen konnten.

»Wenn du nicht mit mir zusammen sein willst, dann kannst du es doch einfach sagen.«

»So ist es aber ja nicht.«

»Dann verstehe ich alles eigentlich immer weniger.« Jürgen lehnte sich auf der Bank zurück und reckte sein

Gesicht der Sonne entgegen. »Ich finde, Frauen sind kompliziert.«

»Sicher nicht alle.«

»Aber auf jeden Fall die eine, die mir besonders am Herzen liegt.«

Da er die Augen geschlossen hatte, bekam Jürgen nicht mit, dass Eva sich langsam über ihn beugte und im Begriff war, ihn zu küssen. Erst, als er ihren weichen Mund auf seinem spürte, fühlte sich das Ganze wieder gut an. Jedenfalls für diesen Augenblick.

»Wofür war das denn?«, fragte er, als sie sich wieder hingesetzt hatte.

»Ach, einfach so«, sagte Eva. Er konnte ja nicht ahnen, wie viel Überwindung es sie gekostet hatte, das zu tun. Und das lag nicht daran, dass sie ihn nicht mochte, sondern weil sie sich immer so unsicher war, wie andere reagierten. Genau das war der Punkt, weshalb sie immer so zögerlich mit ihren Gefühlen umging.

»Dieses einfach so können wir gerne bei Gelegenheit wiederholen«, sagte Jürgen und lächelte sie an. »Eva, ich liebe dich.«

»Ich weiß«, sagte sie.

Sie fuhren mit dem Taxi zu der Adresse von Regina Weimers Schwester. Es stand ein Wagen vor dem Haus.

»Sie scheint da zu sein«, sagte Eva und drücke auf den Klingelknopf.

Doch auch nach fünf Minuten hatte immer noch niemand aufgemacht.

»Ist doch merkwürdig, oder?«, fragte sie und sah Jürgen ratlos an.

»Sie kann ja auch mit dem Rad Besorgungen machen«, meinte er.

»Stimmt, das wäre noch eine Möglichkeit.«

»Lass uns doch einen Kaffee trinken gehen in der Stadt und danach kommen wir nochmal wieder.«

Eva nickte zustimmend und sie stiegen in das Taxi, das auf sie wartete.

Als sie im Café saßen, grübelte Eva gerade wieder über die Vorkommnisse der letzten Tage nach, als sie plötzlich der Schlag traf.

»Das darf doch wohl nicht wahr sein«, raunte sie Jürgen zu.

»Was ist los?«, fragte er verwundert.

»Da drüben, drei Tische weiter ... he, nicht so auffällig hingucken ...«

Jürgen tat, als höbe er etwas vom Boden auf und ließ seinen Blick unauffällig in die Richtung schweifen.

»Und?«, fragte er. »Was ist mit dem Paar?«

»Das sind sie.«

»Wer?«

»Die falschen Weimers.«

Jetzt sah Jürgen auch den Hund, der bis dahin unter dem Tisch gelegen hatte und jetzt nach einem Stück Kuchen bettelte.

»Tatsächlich«, stimmte er zu. »Das ist der Retriever, den ich am Strand aufgegriffen habe. Was machen wir jetzt?«

»Na, ich werde da jetzt rübergehen und nach einer Erklärung verlangen«, sagte Eva und stand auf. »Geh du zum Eingang und lass keinen raus, falls sie fliehen wollen.«

Der vermeintliche Rolf Weimers war der Erste, der Eva auf ihren Tisch zukommen sah.

»Los, wir müssen weg«, sagte er zu der Frau, die ihn verdattert ansah. »Das ist die Polizistin von Langeoog.«

Jetzt hatte die Blondine kapiert und griff nach der Hundeleine.

Doch weit kamen sie nicht, denn Jürgen stand wie ein Baum in der Tür.

Die anderen Café-Besucher hatten den Tumult, der sich an einem der Tische abspielte, mitbekommen und starrten neugierig zum Ausgang. Einige duckten sich auch, weil sie vielleicht mit einer Schießerei rechneten. Das waren vermutlich die, die jeden Abend Krimis im Fernsehen sahen.

»Es hat keinen Zweck«, sagte Eva, »Sie kommen hier nicht raus. Besser, wir gehen jetzt an Ihren Tisch zurück und Sie beide erzählen mir haarklein, was die ganze Sache auf Langeoog zu bedeuten hatte.«

Das Pärchen gab sich geschlagen.

»Also, ich höre«, sagte Eva, als sie alle vier am Tisch saßen.

»Es ist nicht so, wie Sie denken«, sagte Michael Brauer, wie er in Wahrheit hieß. »Gaby und ich, wir wollten uns doch nur ein bisschen amüsieren.«

»Indem Sie mir da irgendwelche Lügenmärchen auftischen?«, fragte Eva. »Das kann Sie eine Menge Geld kosten, dass Sie den Polizeiapparat so in Atem gehalten haben, das ist Ihnen hoffentlich klar.«

»Wir wollten das nicht«, jammerte Gaby Brauer und fummelte an dem Hundekopf herum. »Ich bin doch nur unglücklich gefallen.«

Eva runzelte die Stirn. »Jetzt mal bitte schön der Reihe nach«, sagte sie und dann begannen die beiden, zu erzählen.

Es war vor etwa drei Wochen gewesen, als sie genau wie heute in diesem Café gesessen hatten. Als Gaby sich nach Charly gebückt hatte, weil er sich in der Leine verheddert hatte, da sei da was unter dem Tisch gewesen. Und als sie es aufhob, da war es eine Handtasche. Natürlich hätten sie sich sofort umgesehen, doch an diesem Tag war das Café praktisch leer gewesen und sie saßen schon eine ganze Weile an dem Tisch. Also wäre die Frau, der sie gehörte, sicher schon lange weg. Also hätten sie hineingesehen. Im Portemonnaie sei eine Menge Geld gewesen, das selbst für einen schönen Finderlohn gereicht hätte.

»Und Sie haben das Portemonnaie natürlich bei der Bedienung des Cafés abgegeben, nehme ich an«, sagte Eva dazwischen.

Michael und Gaby Brauer sahen sich betreten an.

»Sie haben das Portemonnaie behalten?«

Gaby nickte. »Wir wollten das ja gar nicht, es ist einfach so passiert.«

»Sie hat recht«, stimmte Michael zu, »wir wollten am nächsten Tag gleich zur Polizei gehen damit.«

»Was Sie wohl offensichtlich nicht getan haben, nehme ich an.«

»Nein, das haben wir nicht getan«, gab Gaby zu.

»Es ist alles meine Schuld«, mischte sich Michael ein. Dann erzählte er weiter.

Die beiden hatten beschlossen, sich von dem Geld mal so richtig was zu gönnen. Schließlich habe man es als Hartz-IV-Empfänger nicht gerade leicht im Leben. Und wenn einem dann so viel Geld zufalle, das sei doch schließlich auch so etwas wie ein Zeichen gewesen. Also hätten sie ein paar Sachen gepackt und wären nach Langeoog rübergefahren.

»Wir wollten doch nur mal das, was andere sich auch leisten«, verteidigte Michael ihre Entscheidung. »Wir sind schon seit Jahren nicht mehr in Urlaub gewesen.«

»Ach wie bedauerlich«, murmelte Eva, die schon jetzt die Nase gestrichen von den beiden voll hatte. »Und was ist dann auf der Insel passiert?«

Jetzt berichtete Gaby weiter. Sie hätten an dem Abend, als sie nochmal mit dem Hund raus sei, schön essen gehen wollen zum Abschluss. Und irgendwie, jetzt im Nachhinein könne keiner von beiden mehr sagen, warum eigentlich, hätten sie sich kurz vor ihrem Spaziergang noch in die Wolle gekriegt wegen irgend so einer Sibylle, die Michael mal gekannt hatte. Es sei immer wieder dasselbe, entschuldigte sie sich. Wenn sie diesen Namen höre, dann ticke irgendwas bei ihr aus. Michael versicherte mit einem Grinsen, dass es dazu überhaupt keinen Grund gäbe, obwohl Eva ihm genau ansah, dass er das Gefühl genoss, dass Gaby vor Eifersucht geplatzt war.

Auf jeden Fall, fuhr Gaby fort, sei sie dann am Strand spazieren gegangen wie geplant. Und als sie dann ein anderes Pärchen, dass Hand in Hand dort gelaufen sei und sich immer wieder kleine Küsschen gegeben hätte, da sei etwas in ihr völlig durchgebrannt. Sie habe sich vorgestellt, dass das ihr Michael mit dieser blöden Sibylle sei. Und da sei sie dann mit Charly zum nächsten Kiosk gelaufen und hätte sich eine Flasche Schnaps gekauft. Damit keiner sieht, wie sie trinkt, sei sie die Barkhausenstraße hochgelaufen, bis keiner mehr zu sehen war. Sie hätte die Flasche aufgedreht und den ersten Schluck genommen. Sie war so wütend und sei immer weitergelaufen. Immer wieder hätte sie die Flasche an den Hals gesetzt, bis sie gar nicht mehr wusste, wo sie eigentlich war. Dann plötzlich wäre dann das Haus in den Dünen aufgetaucht. Zuerst hätte sie gedacht, wer da wohl wohnt. Doch dann sah sie an einer herausgeschlagenen Fensterscheibe, dass da eben überhaupt niemand mehr gewohnt hätte. Also sei sie reingegangen und hätte es sich einem Zimmer gemütlich gemacht. Sie hätte ihm Angst einjagen wollen, diesem Michael. Und als die Flasche Schnaps leer war, und ihr langsam kalt wurde, da sei ihr der ganze Irrsinn so richtig zu Kopf gestiegen. Plötzlich hätte sie ihren Michael ganz furchtbar vermisst gehabt. Es war immer dunkler geworden. Sie konnte schon gar nichts mehr sehen. Sie hätte wohl versucht, irgendwie auf die Beine zu kommen und sie vermute, dass sie dann irgendwie unglücklich gestürzt sein müsse und sich den Kopf aufgeschlagen hätte, denn ab einem unbestimmten Zeitpunkt, da könne sie sich an gar nichts mehr erinnern, bis zu dem Augenblick, als sie wieder wach geworden sei und Charly nicht mehr da war.

Was für eine rührende Liebesgeschichte, dachte Eva sarkastisch.

»Das ist ja alles schön und gut«, sagte sie zu Michael Brauer, »aber warum haben Sie sich als Rolf Weimers ausgegeben?«

»Na ja, das ging doch nicht anders«, meinte er entschuldigend. »Gaby musste doch Regina werden, damit wir mit der Kreditkarte einchecken konnten.«

»Und woher wussten Sie, wie ihr Ehemann heißt?«

»Das war doch schnell rauszukriegen übers Internet«, meinte Gaby und war auch noch stolz darauf.

»Sie werden sich für Ihr Verhalten vor Gericht verantworten müssen«, sagte Eva. »Diebstahl und Identitätsraub sind keine Kavaliersdelikte. Sie wohnen also hier in Esens?«

Die beiden nickten gleichzeitig.

»Ich gehe davon aus, dass Sie nicht wieder abhauen«, sagte Eva.

Die beiden schüttelten mit den Köpfen.

»Das ist auch gut so, weil die Strafe sonst noch wesentlich höher ausfallen wird. Ich werde meinen Kollegen in Wittmund Bescheid geben, dass Sie sich morgen früh melden werden, haben wir uns verstanden?«

»Ja«, sagte Gaby jammernd. »Ich will aber nicht, dass uns Charly weggenommen wird.«

»Da würde ich mir keine Sorgen machen, ins Gefängnis werden Sie fürs Erste wohl nicht wandern«, sagte Eva und schüttelte den Kopf. »Wir müssen jetzt weiter. Und denken Sie daran, ich werde mich bei den Kollegen in Wittmund erkundigen, ob Sie auch wirklich dort aufgekreuzt sind.«

»Meine Güte, was für ein Pärchen«, seufzte Eva, als sie mit Jürgen draußen vor der Tür stand.

»Tja, Leute gibt's«, erwiderte er. »Und jetzt geht's wohl wieder zu der Schwester, nehme ich an.«

»Genau, jetzt wird sie ja wohl endlich zuhause sein.«

Doch auch, als sie ein zweites Mal einige Minuten vor der Tür gewartet hatten, tat sich nichts.

»Wir sollten ins Haus gehen«, sagte Eva pragmatisch, »nochmal fahre ich nicht unverrichteter Dinge ab. Schließlich kann auch was passiert sein.«

Sie schlichen um das Haus herum, wo Jürgen dann mit einem Gartenstuhl die Scheibe der Terrassentür einschlug. So langsam hatte er etwas von Evas Respektlosigkeit adaptiert.

Vorsichtig griff er zu dem Türgriff und schob dann die Terrassentür auf.

»Also, wir brauchen jetzt nicht so zu schleichen«, meinte Eva. »Wenn nach dem Krach hier keiner vor uns steht, dann ist wirklich niemand im Haus.«

Beherzt ging sie in die Küche und dann von einem Zimmer zum anderen.

Doch von der Hausinhaberin gab es nicht die geringste Spur.

»Ich verstehe das nicht«, sagte Eva. »Ihr Wagen steht doch vor der Tür.«

»Merkwürdig ist das schon«, stimmte Jürgen zu. »Wo kann sie denn sein?«

Schließlich standen sie auch vor der Tür, die in den Keller führte. Eva beschlich ein ungutes Gefühl.

»Soll ich vorgehen?«, fragte Jürgen. Eva nickte. Er drückte die Klinke herunter und schaute ins Dunkel, wo er eine Treppe erahnen konnte.

Er fingerte an der Wand entlang, in der Hoffnung, einen Lichtschalter zu finden. Und tatsächlich hatte er Glück. Kurz darauf brannte eine Birne, die nur in eine Fassung geschraubt war. Jetzt sahen sie, dass eine schmale Holztreppe in den Keller führte. Jürgen ging voraus.

Unten gab es drei Räume, in denen Regale mit den verschiedensten Farbdosen und andere Dinge standen, die sich im Laufe eines Hausbesitzerlebens ansammelten und hier verschwanden, um dann nie wieder beachtet zu werden.

»Hat sie eigentlich keinen Mann?«, fragte Jürgen.

»Nein, sie hat nie geheiratet, wenn ich ihren Schwager richtig verstanden habe«, antwortete Eva.

»Und dann hat sie alleine ein Haus?«

»Es ist das Haus ihrer Eltern. Regina ist ja nach Münster gezogen und hat darauf keinen Anspruch erhoben.«

»Dafür hat sie sie wohl ab und zu hier in Ostfriesland besucht.«

»Genau. Wenn man Rolf Weimers glauben kann, dann haben sich die beiden Schwestern sehr nahe gestanden.«

»Ob sie vielleicht zusammen abgehauen sind?«, fragte Eva plötzlich einer Eingebung folgend.

»Abgehauen? Aber warum denn?«

»Keine Ahnung.«

»Und warum steht dann der Wagen noch da?«

»Ich werde gleich mal bei Rolf Weimers anrufen und nachfragen. Ich muss wissen, wem der Wagen gehört.«

Kurz darauf hatten sie Gewissheit, dass der Fiat, der vor dem Haus stand, Rebekka gehörte.

»Okay, dann kann es doch tatsächlich sein, dass sie gemeinsam mit dem Wagen von Regina weg sind«, meinte Jürgen.

»Das alles ergibt für mich keinen Sinn. Wenn es stimmt, was dieser Weimers sagt, dass Regina wieder zurück sein wollte, wenn er von der Geschäftsreise nach Hause kam, warum ist sie dann mit ihrer Schwester weggefahren?«

»Eva, der Weimers, der kann doch viel erzählen, wenn der Tag lang ist. Das kann doch alles erstunken und erlogen sein. Vielleicht haben sie eine beschissene Ehe geführt und jetzt hat diese Regina die Gelegenheit genutzt und macht sich mit ihrer Schwester ein paar schöne Tage.«

So richtig mochte sich Eva dieser Theorie noch nicht anschließen, wobei sie Jürgen insoweit recht gab, dass es natürlich auch so gewesen sein könnte. Und wenn Rebekka alleinstehend war, dann wäre es sicher schwer, jemanden zu finden, der etwas über ihren Aufenthalt wusste. Sollte sie vielleicht die Nachbarn befragen? Wo arbeitete diese Rebekka eigentlich? Sie kramte noch einmal ihr Handy heraus und wählte nochmal Rolf Weimers Nummer. Doch diesmal nahm er nicht mehr ab.

Auf der Lauer

So langsam taten ihr die Füße weh. Wie lange wollte er denn noch vor dem Fernseher herumhängen. Hoffentlich schlief er nicht wieder auf dem Sofa ein, das würde ihre Pläne durchkreuzen. Sie brauchte unbedingt etwas aus dem Haus, bevor sie von der Bildfläche verschwand. Dann ging endlich das Licht im Wohnzimmer aus.

Nach allem, was sie bis hierher durchgemacht hatte, zitterten ihre Finger nicht einmal mehr, als sie ins Haus einbrach, indem sie eine kleine Scheibe an der hinteren Tür mit der flachen Hand eindrückte. Nach wenigen Handgriffen stand sie schließlich im Flur und horchte. Es war alles dunkel. Auf leisen Sohlen schlich sie weiter. Es war von Vorteil, wenn man sich in einem Haus auskannte. Nur noch ein paar Meter, dann war sie im Arbeitszimmer. Es konnte gar nicht anders sein. Das, wonach sie suchte, musste dort liegen.

Doch auch, als sie den letzten Ordner und die letzte Schublade aufgezogen hatte, war die Suche erfolglos.

Sie konnte jetzt unmöglich auch noch den Rest des Hauses durchsuchen. Zu groß war die Gefahr, dass er sie hörte.

Also ging sie wieder durch die Tür, durch die sie hereingeschlichen war, nach draußen.

»Fehlanzeige«, sagte sie, als sie auf dem Beifahrersitz saß.

»Es muss auch so gehen«, zischte eine andere Stimme, »mach die Tür zu.«

»Gib Gas.«

Kurz darauf sah man die roten Rücklichter im Dunkel der Nacht verschwinden.

Rätselhaft

Eva und Jürgen waren in Klaras Wohnung gegangen, die doch jetzt eigentlich Evas Wohnung war. Doch so richtig konnte sie sich nicht mit dem Gedanken anfreunden, sie als ihr Eigentum zu betrachten.

»Was machen wir jetzt?«, fragte Eva. Jürgen hatte einen Kaffee gekocht und sie saßen in der Küche.

»Hm, keine Ahnung. Vielleicht sollten wir gleich was essen gehen«, schlug Jürgen vor. »Und danach könnten wir nochmal zum Haus fahren und gucken, ob sich da in der Zwischenzeit etwas getan hat.«

»Ja, das wäre eine Idee. Schließlich haben wir keinen Hinweis darauf gefunden, dass eine Reise oder Ähnliches anstand. Wenn Rebekka und Regina tatsächlich zusammen weggefahren sind, dann kann es auch eine spontane Idee gewesen sein.«

»Wie dem auch sei, irgendwo müssen sich die Damen ja aufhalten, sie können sich schließlich nicht in Luft auflösen.«

»Ich habe kein gutes Gefühl bei der Sache«, erwiderte Eva. »Komm, lass uns gehen.«

Sie suchten sich ein schönes Lokal am Marktplatz in Esens und fuhren anschließend wieder zu der Adresse von Rebekka. Das ganze Haus lag dunkel da.

»Da ist immer noch niemand«, sagte Eva. »Und auch der Wagen steht noch genauso da wie vorhin. Die Sache wird mir langsam unheimlich. Ich werde jetzt eine Suchmeldung nach den beiden rausgeben.«

»Nach Regina wird ja schon gesucht«, sagte Jürgen.

»Stimmt. Und jetzt kommt auch noch die Schwester dazu. Ich werde das gleich morgen früh mit Rolf Weimers besprechen, auch wenn ich ihm nicht so ganz über den Weg traue. Aber ich bin auf seine Reaktion gespannt, wenn ich ihm erzähle, dass nun auch seine Schwägerin verschwunden ist.«

Der Einbruch

Eva hatte Jürgen gebeten, im Gästezimmer zu schlafen. Jetzt wachte sie in Klaras Bett auf. Es fühlte sich einfach nicht richtig an, dachte sie. Wenn ich die Wohnung wirklich behalten will, dann muss ich irgendwann die ganzen Sachen von Klara ausräumen lassen.

Sie stieg aus dem Bett und ging ins Bad. Von Jürgen war noch nichts zu hören. Sie ließ das Wasser der Dusche lange laufen.

»Eva? Alles in Ordnung?«, hörte sie Jürgen rufen.

»Ja, alles Okay, ich bin gleich fertig«, rief sie zurück.

»Lass dir Zeit, ich mach schon Kaffee und hole Brötchen.«

Wie soll es bloß mit uns weitergehen?, fragte sich Eva, als sie vor dem Badezimmerspiegel stand und ihr frustriertes Gesicht betrachtete. Wie verhielt man sich eigentlich normal in einer Beziehung? Irgendwie fehlte ihr dafür wohl die nötige Erfahrung. Und niemand konnte einem vorschreiben, dass man Tag und Nacht mit der Person zusammen sein musste, mit der man liiert war. Oder? Doch wie würde das wieder bei Jürgen ankommen, wenn sie davon anfing. Sicher würde er einwenden, dass man dann auch gleich getrennt sein könnte. Doch das stimmte nicht. Er war ihr bis hierher immer entgegengekommen, wenn sie einen Wunsch geäußert oder auch gemurrt hatte. Das musste sie zugeben. So, wie es jetzt lief, behagte es ihr jedenfalls nicht. Und das, was sie eigentlich am meisten störte, war diese Verbindlichkeit, obwohl er immer wieder beteuerte, dass er nichts von ihr erwartete, was sie nicht zu geben bereit war. Doch das war eine Falle. Wenn ein Mann so redete, dann implizierte das eigentlich auch, dass er spürte, dass sie nicht bereit war, alles zu geben. Und indem er dieses Angebot machte, bedrängte er sie zu Zugeständnissen. Ja, genauso war es. In einer normalen Beziehung mussten solche Dinge überhaupt nicht gesagt werden. Ihre Beziehung war eben keine wirkliche Beziehung und schon gar nicht normal. Sie konnten im Prinzip auch einfach Freunde sein, wenn es nach ihr ginge. So wie früher. Und die Sache mit dem Sex, meine Güte, sie war fast fünfzig. Und sie war lange ohne klargekommen. Warum sollte das die letzten Jahre nicht auch funktionieren. Es gab Wichtigeres.

»Eva? Alles in Ordnung?«

Das war Jürgen schon wieder. Erst jetzt merkte Eva, dass es sie fröstelte.

»Ja, ich bin gleich da.«

»Das ist gut. Der Kaffee ist durch und die Brötchen sind auch schon auf dem Tisch.«

Ach Jürgen, dachte Eva und seufzte. Dann zog sie sich an und ging in die Küche.

»Ich bin gleich wieder da«, sagte Jürgen und ging Richtung Bad. »Fang ruhig schon an.«

Eva sah ihm nach. Ging es ihm nicht gut? Er wirkte irgendwie hilflos. Aber vielleicht interpretierte sie diesen Zustand auch in ihn hinein, weil sie sich selber so sah.

Sie griff nach der Tageszeitung, die Jürgen mitgebracht hatte, da klingelte ihr Handy.

»Hallo?«

»Hier ist Rolf Weimers.«

»Oh, das trifft sich gut, ich wollte Sie nämlich auch gleich noch anrufen.«

»Ach so? Haben Sie schon von dem Einbruch gehört?«

»Von welchem Einbruch sprechen Sie?«

»Na, bei mir ins Haus. Das muss irgendwann heute Nacht passiert sein. Jemand hat die Scheibe an der Hintertür eingeschlagen und ist eingedrungen.«

Eva bekam rote Ohren. Das klang ganz nach ihrer eigenen Aktion am gestrigen Tag, als sie bei Rebekka eingestiegen waren.

»Ist denn etwas gestohlen worden?«

»Nein, das ist ja das Komische. Soweit ich es überblicken kann, ist nichts entwendet worden. Sogar mein Bargeld im Portemonnaie ist noch da, und das war nicht gerade wenig. Das Einzige, was mir aufgefallen ist, war mein Arbeitszimmer. Da hat jemand rumgewühlt.«

»Hm, das klingt in der Tat merkwürdig.« Eva fielen sofort die beiden Frauen ein. Ob es etwas mit ihrem Verschwinden zu tun hatte? Wollte man jetzt auch noch Rolf Weimers fertigmachen? »Haben Sie schon die Kollegen vor Ort informiert?«

»Natürlich, ich habe sofort dort angerufen, als ich es bemerkt habe.«

»Das ist gut. Dann wird man Fingerabdrücke nehmen. Vielleicht ergibt sich dadurch ja etwas.«

»Und warum wollten Sie mich eigentlich anrufen?«, fragte Rolf Weimers jetzt.

»Ach so, das war wegen ihrer Schwägerin Rebekka.«

»Was ist mir ihr?«

»Das weiß ich leider nicht, denn ich kann sie nicht erreichen.«

»Sie ist immer viel unterwegs, das wundert mich nicht.«

»Aber ihr Wagen steht vor der Tür.«

»Ach ja? Sind Sie etwa in Esens?«

»Genau.«

»Warum das denn?«

»Ich wollte mit ihrer Schwägerin über ihre Schwester sprechen. Finden Sie das so ungewöhnlich?«

»Nein, natürlich nicht. Zumal Regina sie ja auch besuchen wollte.«

»Eben. Und Sie wissen nicht zufällig, ob die beiden noch vorhatten, gemeinsam zu verreisen?«

»So ein Quatsch, das würde Regina nie machen, wenn ich von einer Geschäftsreise komme. Dann ist sie immer zuhause ... jedenfalls war es bisher so.« Seine Stimme klang wieder ehrlich besorgt.

»Na gut, dann lege ich jetzt auf. Haben Sie eigentlich einen Schlüssel für das Haus Ihrer Schwägerin?«

»Sicher habe ich den. Soll ich vielleicht nach Esens kommen?«

»Nein, nein, das wird nicht nötig sein, wehrte Eva schnell ab. Die Kollegen aus Münster halten mich bestimmt auf dem Laufenden, was den Einbruch bei Ihnen angeht. Wir hören voneinander.«

Sie legte auf.

»Das war Rolf Weimers«, sagte Eva, als Jürgen neben ihr stand. Er hatte die letzten Sätze mitbekommen. »Bei ihm ist eingebrochen worden letzte Nacht.«

»Echt? Das ist ja merkwürdig.«

»Finde ich auch. Vielleicht sollten wir doch einmal nach Münster fahren und den Mann unter die Lupe nehmen.«

»Das können wir gerne machen. Klaras Wagen steht ja bereit.«

Sie frühstückten überwiegend schweigend. Jürgen hatte sich einen Teil der Zeitung geschnappt und kommentierte hin und wieder belanglose Berichte und den Dorftratsch.

Er hat noch nicht einmal versucht, mich zu küssen, dachte Eva. Ob er sauer war, dass er im Gästezimmer schlafen musste? Aber was für eine Frage. Natürlich war er das. Da konnte er noch so verständnisvoll sein, das nagte doch bestimmt an ihm. Sie selber hatte jetzt auch keinen Kopf für Zärtlichkeiten, und so fuhren sie nach einer halben Stunde los Richtung Münster.

Als sie endlich dort ankamen, standen drei Streifenwagen mit Blaulicht vor der Tür.

»Was ist denn da los?«, fragte Eva erstaunt.

»Das wirst du sicher gleich wissen.«

Jürgen stellte den Wagen an der Straße ab.

»Das ist ja eine ganz schöne Villa«, meinte Eva, »kein Wunder, wenn dort eingebrochen wird.« Sie öffnete die Wagentür. »Kommst du mit?«

»Nein, lass man. Ich warte hier.« Jürgen sah aus dem Seitenfenster.

»Eva Sturm, Kripo Langeoog. Was ist passiert?«, fragte Eva den nächsten Beamten, auf den sie traf.

»Man hat eine Leiche gefunden, im Keller.«

»Was? Ist etwa Rolf Weimers ... ich habe vor gar nicht allzu langer Zeit noch mit ihm telefoniert.«

»Nein«, der Beamte schüttelte den Kopf. »Es ist nicht Weimers, sondern eine Frau. Sie liegt in einer nicht mehr funktionsfähigen Kühltruhe im Keller.«

Eva fasste sich an die Stirn. Ob das etwa Regina Weimers war? Oder vielleicht auch ihre Schwester Rebekka? Was ging hier vor sich?

»Weiß man schon, wer die Frau ist?«

»Bisher nicht. Weimers sagt, er kennt sie nicht.«

»Und was macht sie dann in seiner Kühltruhe?«

»Tja ...«

»Ich geh mal rein zu den Kollegen.«

Der Beamte nickte.

Drinnen traf Eva auf die Kollegen der Spurensicherung. Man sagte ihr, dass Rolf Weimers in der Küche am Tisch säße und am Boden zerstört sei. Der ermittelnde Beamte aus Münster sei bereits unterwegs.

»Was dagegen, wenn ich schon anfange?«, fragte Eva und erklärte die Umstände, warum sie überhaupt hier war.

»Mir soll's recht sein«, sagte ihr Gegenüber und sie ging die Küche.

»Herr Weimers, Eva Sturm«, sagte sie, als sie eintrat.

Rolf Weimers sah aus, als habe er die ganze Nacht nicht geschlafen. Er sieht nicht so gut aus wie sein Double, dachte Eva sofort.

»Bevor Sie fragen, nein, ich weiß nicht, wer die Frau ist«, sagte Weimers matt.

Sollte sie ihm das abkaufen?

»Und Ihre Frau, vielleicht hat sie sie gekannt.«

»Was weiß ich. Regina ist ja auch verschwunden. Sie müssen doch zugeben, dass das verdammt nach einem Zusammenhang aussieht. Vielleicht ist Regina auch schon tot.« Er seufzte hörbar auf. Doch das konnte auch gespielt sein.

»Es wundert mich, dass man sie schon nach unten in den Keller gelassen hat«, sagte Eva. Das war eigentlich nicht üblich an solchen Tatorten.

»Hat man ja gar nicht.«

»Und woher wissen Sie dann, dass Sie die Frau nicht kennen?«, fragte Eva verwundert.

»Ich bin mir da ziemlich sicher«, erwiderte er.

Dann könnte es ja doch noch Regina sein, oder ihre Schwester, dachte Eva irritiert. Sie fand das Verhalten der Beamten hier in Münster merkwürdig. Man hatte ihr schließlich schon leichtfertig gesagt, dass Weimers sie nicht kenne, obwohl er definitiv noch gar nicht unten gewesen war.

»Kann ich helfen?«, fragte plötzlich eine tiefe männliche Stimme hinter Eva.

Sie drehte sich abrupt um.

»Eva Sturm«, sagte sie, »Kripo Langeoog.«

»Aha, das hätte man mir auch sagen können, dass schon jemand da ist, dann hätte ich mich nicht so beeilen müssen«, brummte der Mann und zog eine Zigarette aus einer Packung, die er sich trocken in den Mundwinkel hängte. »Ich will aufhören«, sagte er.

»Sicher eine gute Idee«, entgegnete Eva. »Und ich bin übrigens hier, weil ich in den Fall um das Verschwinden von Regina Weimers involviert bin. Einmischen will ich mich hier bestimmt nicht. Als ich hier eben ankam, wusste ich ja noch nicht einmal, dass es eine Leiche gibt.«

»Unverhofft kommt oft«, sagte er und wandte sich Rolf Weimers zu. »Sie wissen also nicht, wer die Tote ist?«

Weimers schüttelte mit dem Kopf. »Nein, das sagte ich ja schon zu Ihren Kollegen.«

»Schon. Aber wie ich gerade erfahren habe, waren Sie noch gar nicht im Keller. Wie können Sie also so sicher sein, dass Sie die Tote nicht kennen.«

»Kommen hier gleich eigentlich noch mehr Leute, die mir diese Frage stellen? Dann sollten wir vielleicht warten, bis sie alle hier sind«, sagte er jetzt barscher.

»Die Fragen stelle ich«, brummte der Ermittler, der sich noch nicht einmal namentlich vorgestellt hatte. »Ich geh dann mal runter und mache ein Foto. Bin gleich wieder da.«

Er fragte nicht, ob Eva mitkommen wollte. Also setzte sie sich zu Rolf Weimers an den Tisch.

»Sie haben Angst, dass es Ihre Frau ist, habe ich recht?«, fragte sie und lehnte sich mit den Armen auf.

Plötzlich liefen Tränen über sein Gesicht. Er nickte.

»Das wäre doch immerhin möglich, oder?« Er sah sie offen an.

»Aber es muss nicht Ihre Frau sein. Wir sollten warten, bis der Kollege mit dem Foto wieder hier ist.«

Er schluckte.

»Soll ich Ihnen ein Glas Wasser holen?«

»Ja, bitte.«

Eva stand auf und ging zur Anrichte, nahm ein Glas, das dort kopfüber stand, und hielt es unter den Wasserhahn. War das Verhalten von Rolf Weimers glaubhaft? Und wieso waren die Kollegen überhaupt auf die Leiche gestoßen? Er hatte doch lediglich einen kleinen Einbruch gemeldet. Da durchsuchte man doch nicht gleich das ganze Haus. Sie würde gleich noch einmal mit dem brummbärigen Kollegen reden müssen. Im nächsten Moment kam dieser dann auch mit einem Foto der Toten zurück und hielt es Weimers direkt vor die Nase.

»Und?«, fragte er, »was ist jetzt?«

Rolf Weimers rieb über seine Augen und kniff sie dann zusammen. »Das ist Laura«, sagte er dann tonlos.

»Wer ist Laura?«, fragte Eva, die mit dem Glas Wasser an den Tisch getreten war und kaum etwas auf dem Display erkennen konnte, weil das Licht der Küchenlampe blendete.

»Das ist unsere Putzfrau«, sagte Weimers. »Wer konnte sie denn umbringen, sie hat doch niemandem was getan?« Er schüttelte sich und griff nach dem Glas.

Eva verstand nur noch Bahnhof. Die Ehefrau war verschwunden, ebenso deren Schwester und jetzt lag auch noch die Putzfrau tot im Keller. Was lief hier eigentlich in Münster ab?

»Rolf Weimers, ich nehme Sie fest wegen des Verdachts der Ermordung Ihrer Ehefrau und jetzt auch noch der Putzfrau obendrein«, brummte der Kollege und zog seine Handschellen aus der Jackentasche.

»Ich war das nicht«, sagte Weimers leise. »Ich habe nichts damit zu tun.«

»Dann können Sie ja auch mitkommen, desto eher haben wir das Ganze hinter uns.«

»Wäre es Okay, wenn ich auch mitkomme und bei der Befragung dabei bin?«, mischte sich Eva ein.

Der Kollege sah sie stirnrunzelnd an. »Wozu soll das gut sein?«

»Na, immerhin arbeite ich auch an dem Fall.«

»Das ist mir neu.«

»Also, jetzt reicht es mir aber.« Eva stemmte sich mit beiden Händen auf den Tisch. »Ich weiß ja nicht, was Sie für ein Problem haben, aber der Fall hier hängt auf jeden Fall auch mit dem Verschwinden der Schwägerin von Rolf Weimers in Esens zusammen. Und deshalb werde ich gleich bei der Befragung dabei sein, ob es Ihnen passt oder nicht.«

Das erste Mal fiel dem Mann die Kinnlade runter. »Okay«, sagte er nur, »ist gebongt.«

Dann klackten die Handschellen zu und Rolf Weimers wurde zum Wagen gebracht.

Eva holte sich von der Spurensicherung das Okay und ging in den Keller. Sie wollte wenigstens noch einen Blick auf den Tatort und vor allem das Opfer werfen.

Die Tote wurde der Bezeichnung Putzfrau in keinster Weise gerecht. Sie war jung und schön. Sie hatte ein feines Gesicht mit einer schmalen Nase, dunkle Locken und volle rote Lippen. Wenn sie hier tatsächlich im Haus geputzt hatte, dann hatte sie bestimmt dem Hausherrn den Kopf verdreht. Doch musste sie deshalb auch sterben? Und wo war Regina Weimers? Hatte sie vielleicht diese Schönheit aus Eifersucht ermordet und war Hals über Kopf geflüchtet? Und was war mit ihrer Schwester Rebekka, bei der sie doch eigentlich zu Besuch sein wollte? Das Verhalten von Weimers eben oben in der Küche wirkte authentisch. Doch er konnte den am Boden Zerstörten auch nur gespielt haben. Ob er ein Verhältnis mit dieser Frau gehabt hatte, die da mit ebenmäßigem Gesicht, als schliefe sie nur, in einer Kühltruhe lag? Hatten sie am

Ende sogar versucht, Regina aus dem Weg zu schaffen und dann hatte Weimers auch sie umgebracht? Es war einfach alles viel zu verwirrend, dachte Eva. Und sie war gespannt auf das Verhör, bei dem der Brummbär sie jetzt sogar dabei haben wollte. Man musste als Frau eben nur den richtigen Ton anschlagen. Aber warum gelingt mir das bei Jürgen nicht? Grübelnd stieg Eva die Stufen der schmalen Treppe wieder hinauf, als ihr plötzlich etwas ins Auge stach.

Im fahlen Licht der Deckenlampe schimmerte etwas auf der einen Stufe. Eva bückte sich, um es erkennen zu können. Es war klein und rot. Sie zog ein Papiertaschentuch aus der Jackentasche und hob den Gegenstand vorsichtig damit hoch. Es war ein abgebrochener Fingernagel einer Frau. Sie faltete das Taschentuch zusammen und steckte es in die Jackentasche als Beweismittel für ihre eigenen Ermittlungen, wenn der Kollege hier in Münster sich schon so querstellte.

Dann stieg sie noch einmal die Stufen herab und ging zu der Kühltruhe, um sich Gewissheit zu verschaffen. Die Tote trug keinen Nagellack. Also könnte dieser Nagel auch von der Mörderin sein.

Das Verhör

Jürgen hatte steife Knie, als Eva wieder zum Wagen gekommen war. Er brachte sie zur Dienststelle in Münster und kümmerte sich jetzt um ein Hotelzimmer. Eva hatte nicht interveniert, als er nur von einem Zimmer gesprochen hatte, und war in der Dienststelle verschwunden.

Lothar Breithart las Eva auf dem Türschild, bevor sie in sein Büro ging.

»Ah, da sind Sie ja endlich«, brummte er. »Dann können wir ja anfangen.«

»Danke, dass Sie auf mich gewartet haben, Herr Breithart«, sagte Eva.

»Sie können mich Lothar nennen, und von mir aus auch duzen.«

»Okay Lothar, ich bin Eva.« Sie reichte ihm die Hand.

Er sah sie skeptisch an und ging zum Verhörraum voraus.

Rolf Weimers starrte mit leerem Blick auf den Tisch vor sich. Er hatte seine Hände gefaltet und darauf gelegt. Als die beiden Polzisten eintraten, sah er nicht einmal auf.

»Herr Weimers«, begann Breithart, »können Sie uns erklären, wie die Tote in ihren Keller gelangt ist?«

Rolf Weimers zuckte nur mit den Schultern. »Das weiß ich nicht.«

»Und was ist mit Ihrer Ehefrau Regina?«

»Sie ist verschwunden, das wissen Sie doch schon.«

»Das ist richtig. Aber wo ist sie?«

»Wenn ich das wüsste, dann hätte ich wohl kaum eine Vermisstenanzeige aufgegeben«, antwortete Weimers barsch.

»Das könnte Taktik gewesen sein. Ich sage Ihnen jetzt mal, was ich von der ganzen Sache halte. Sie hatten ein Verhältnis mit Laura Seemann und Ihre Frau hat irgendwie Wind davon bekommen. Sowas bleibt doch nie wirklich geheim, wenn wir mal ehrlich sind. Und dann haben Sie gemeinsam mit Ihrer Geliebten den Plan ausgeheckt, sich von Ihrer Frau zu trennen, und zwar auf die unsanfte Art. Ich denke, Sie haben Sie ermordet, Herr Weimers.«

Rolf Weimers war rot angelaufen während der Ausführungen von Breithart. Doch er sagte jetzt keinen einzigen Ton.

»Möchten Sie sich nicht dazu äußern?«

»Was soll ich denn zu so einem Quatsch sagen«, presste Weimers zwischen den Lippen hervor.

»Sie glauben doch nicht im Ernst, dass ich Ihnen abkaufe, dass die bildschöne junge Frau in Ihrer Truhe Ihre Putzfrau war«, blaffte Breithart. »Sicher, es kann ja sein, dass sie geputzt hat, aber bestimmt kein Porzellan und silberne Löffel. Geben Sie endlich zu, dass sie Ihre Geliebte war.«

Rolf Weimers schüttelte mit dem Kopf. »Ich werde nichts zugeben, was nicht stimmt.«

»Okay, fangen wir nochmal von vorne an«, brummte Breithart. »Seit wann hat Laura Seemann bei Ihnen geputzt?« Das letzte Wort untermalte er mit einem Zungenschnalzer.

Rolf Weimers kratzte sich am Kopf. »Ich glaube, meine Frau hat sie vor einem halben Jahr kennen gelernt, als sie in einem Eiscafé war.«

»Aha.«

»Ja, jetzt erinnere ich mich. Sie kam nach Hause und berichtete von einer jungen Studentin, die sich Geld dazuverdiente. Und aus irgendeinem Grund war Regina mit ihr ins Gespräch gekommen.«

»Und dann fing Laura Seemann an, Ihre Betten zu überziehen?«

»So wie Sie das sagen, klingt es so, als hätte sie angeschafft«, verteidigte sich Weimers. »Doch da war nichts, auch wenn Sie es noch so sehr herbeireden wollen.

Ich hatte kein Verhältnis mit Laura. Natürlich, ich mochte sie, aber eben nur als gute Freundin.«

»Und was hielt Ihre Frau davon?«

»Sie und Laura waren auch befreundet. Wir drei hatten ein völlig entspanntes Verhältnis.«

»Tja, und doch ist es wohl mehr als merkwürdig, dass die beiden Frauen, mit denen Sie entspannte Verhältnisse pflegten, jetzt entweder tot oder verschwunden sind. Wie erklären Sie sich das?«

»Ich war auf Geschäftsreise, woher soll ich wissen, was in der Zeit Zuhause passiert ist?«

»Sie haben also nicht zwischendurch mal angerufen?«

»Nein. Das haben wir nie gemacht. Ich meine, Regina hatte ein erfülltes Leben. Sie saß nicht zuhause, um auf meinen Anruf zu warten. Aber wenn ich zurückkam, dann war sie immer da. Das war es, worauf es für uns ankam. Wir hatten ... ich meine, wir haben eine gute Ehe.«

Eva hatte Rolf Weimers nicht aus den Augen gelassen.

»Trägt Ihre Frau roten Nagellack?«, fragte sie jetzt dazwischen.

Die beiden Männer drehten sich zu ihr hin.

»Regina?« Rolf Weimers zuckte mit den Schultern. »Sie hat einen ganzen Schrank voll mit dem Zeug. Und bestimmt ist auch ein roter Lack dabei.«

»Ließ sie sich auch künstliche Nägel anbringen?«

»Künstlich? Das weiß ich nicht. Ich bin ja nicht ihr Kindermädchen. Und ich weiß übrigens auch nicht immer, welche Farbe Unterwäsche sie trägt, falls es Sie beruhigt.«

Keineswegs, dachte Eva. Doch sie fand seine Antworten irgendwie unpassend für einen sich sorgenden Ehemann, der nicht weiß, was mit seiner Frau geschehen ist.

»War's das jetzt?«, fragte Breithart, als Eva nicht weiter fortfuhr.

»Fürs Erste«, sagte sie und lehnte sich wieder auf ihrem Stuhl zurück.

Sie zog ihr Handy aus der Tasche und tippte eine SMS an Jürgen und bat ihn, ein Taxi in Esens zu ordern, das zum Haus von Rebekka fahren sollte, um zu prüfen, ob sie mittlerweile zu Hause war. Er bestätigte ihre Nachricht nicht. Vermutlich war sein Akku wieder leer oder er hatte das Handy gar nicht mitgenommen.

»Herr Weimers, wir kommen so nicht weiter«, fuhr Breithart fort. »Sie sind bestimmt nicht der erste Mann, der dem Charme einer viel jüngeren Frau als seiner eigenen erlegen ist. Und natürlich ist auch klar, dass so etwas nie ohne Komplikationen abläuft. Wir finden doch sowieso heraus, dass Sie ein Verhältnis mit Laura hatten, also können Sie es auch jetzt zugeben.«

Rolf Weimers verschränkte die Arme vor dem Bauch und sagte nichts.

Eva wurde jetzt klar, warum man das Haus durchsucht hatte. Sicher vermutete Breithart, dass Rolf Weimers mit dem Verschwinden seiner Frau zu tun hatte. Der gemeldete Einbruch war sicher ein willkommener Grund gewesen, das Haus auf den Kopf zu stellen. Und dann hatten sie Laura gefunden. Aber wenn Weimers gewusst hätte, dass sie da unten in der Truhe liegt, dann hätte er doch niemals im Leben die Polizei wegen eines albernen Einbruchs gerufen. So dumm war er nicht.

Nein, er hatte nichts von der Toten gewusst, da war sich Eva sicher. Und zu neunzig Prozent hatte er ein Verhältnis mit Laura gehabt. Er war einfach ein Mann. Möglich, dass auch Regina davon gewusst hatte. Aber wenn es stimmte, was Weimers hier erzählte, dann hatte sie selber die junge Frau uns Haus geholt. Wenn sie eine von Eifersucht getriebene Ehefrau gewesen wäre, dann hätte sie es bestimmt nicht getan. Also war alles, was Breithart sich da zusammenreimte gequirlte Scheiße. Eben typisch Mann, der nicht um die Ecke denken konnte und die Täter am liebsten auf dem Silbertablett serviert bekam.

Tja, ob sie ihm diesen Gefallen tun würde, das musste sie sich noch schwer überlegen.

»Ich geh dann schon mal«, sagte Eva und Breithart sah sie fragend an. »Ich hab noch was zu erledigen.«

Als Eva vor der Tür stand, bat sie einen Streifenpolizisten, sie noch einmal zu dem Haus von Rolf Weimers zu fahren.

Unterwegs meldete Jürgen sich mit einer SMS zurück. Der Taxifahrer hätte gemeldet, dass Licht im Haus von Rebekka brennen würde.

Das habe ich geahnt, dachte Eva. Sie rief bei Jürgen an und fragte nach dem Namen des Hotels, wo sie untergekommen waren und versprach, bald auch da zu sein.

Das Haus der vielen Geheimnisse

Es war schon dunkel, als Eva bei dem Haus von Regina und Rolf Weimers ankam. Es brannte noch Licht, die Kollegen von der Spurensicherung waren noch dort. Das erleichterte ihr den Eintritt. Sie hatte keine Lust, schon wieder irgendwo einzubrechen.

»Oh, wir wollten gerade Schluss machen«, sagte ein Mann im weißen Ganzkörperanzug.

»Das macht nichts. Ich wollte mich nur noch einmal ein wenig umsehen«, sagte Eva. »Ich ziehe die Tür hinter mir zu, wenn ich gehe.«

»Na ja, ob das so in Ordnung ist ...«. Er kratzte sich am Kinn. Er sah müde aus und so nickte er nur und ging weiter zum Wagen.

Es war so still im Haus, als alle gegangen waren. Eva hörte jedes noch so kleine Knistern und Rascheln, woher es auch immer kommen mochte. Von einem offenen Fenster, Lüftungsschlitzen in Türen, die sanft einen Vorhang bewegten. Es hatte etwas Mystisches, als die großen Lichter gelöscht waren.

Eva ging zunächst in das Arbeitszimmer, das am Vorabend durchsucht worden war. Die Möbel waren aus schwerem dunklem Holz und die Bücher in den Regalen sahen teuer und edel aus. Sicher wurden sie nie herausgezogen.

Es stimmte, es lag hier nirgends Staub. Ob Laura Seemann hier mit einem weichen Putztuch von Regal zu Regal getänzelt war? Vielleicht mit einem Lächeln auf den Lippen, das Rolf Weimers gegolten hatte, während er an seinem Schreibtisch saß und über irgendwelchen langweiligen Aktiengeschäften brütete. Ja, so könnte es gewesen sein. Doch Eva glaubte nicht daran, dass es auch so war. Dieses Haus barg ganz andere Geheimnisse.

Als Nächstes ging Eva in das Wohnzimmer, in dem weiche schwere Teppiche ihr das Gefühl gaben, in weichem Sand auf Langeoog zu gehen. So einen hätte sie auch gerne in ihrer Wohnung gehabt. Und wenn es nur im Schlafzimmer war. Das musste ein schönes Gefühl sein, darauf barfuß zu laufen. Für einen Moment dachte sie tatsächlich darüber nach, die Schuhe einfach auszuziehen. Dann schüttelte sie sich und rief sich zur Ordnung.

Die Möbel in diesem Raum waren Ton in Ton aufeinander in einem Grau abgestimmt, das man nur mit dem Farbenspiel von Vogelfedern vergleichen konnte. Fast kitzelte es sie in der Nase, als sie mit der Hand über den samtigen Stoff fuhr. Sie hatte reiche Menschen bisher nicht beneidet, doch so langsam kroch da etwas in ihr hoch. Das Gefühl, ganz viel verpasst zu haben.

Der Tisch war aus feinem weißen Holz und darauf stand nur ein Stück, das wahrscheinlich ein Kunstwerk war. Es war filigran und erhaben zugleich.

Auf einer Anrichte standen drei im Licht glitzernde Flaschen mit einer goldbraunen Flüssigkeit. Daneben ein Silbertablett mit zwei Gläsern. Sicher schenkte der Hausherr sich nach einem langen Arbeitstag hier erst mal einen guten Cognac ein. Eva musste an die Schnapsgelage mit Jürgen denken. Waren sie beide etwa gewöhnlich? Ja, vielleicht sogar grotesk in ihrem Verhalten, das sie aneinander schweißte, aber doch nicht zueinander führte. Sie musste an Katharina denken. Ihre Mutter hätte sich hier bestimmt wohl gefühlt und wäre auch nicht deplatziert erschienen, so wie sie in diesem Augenblick.

Und dann ging Eva die breiten Stufen ins Obergeschoss zu den Schlafgemächern hinauf. Alleine, als sie dabei mit der Hand über das Geländer fuhr, liefen ihr erste Schauer über den Rücken.

Das Bett war hoch und hatte eine so hohe Matratze, die sie selber sicher für vier Betten verwendet hätte. Als sie mit der Hand hineindrückte, verschwand diese ganz in einem weichen Sog. Sie stellte sich vor, wie sich Rolf Weimers und Regina hier geliebt hatten. Jedenfalls versuchte sie es. Denn so wirklich wollten sich diese Phantasien nicht bei ihr einstellen. Da war etwas, das störte. Waren es die vielen Bücher, die auf seiner Seite neben dem Laptop lagen. Denn davon ging Eva aus, dass er hier Abend für Abend und Nacht für Nacht nur ans Arbeiten gedacht hatte.

Und was lag auf Reginas Seite? Nur ein Buch. Neugierig ging Eva auf die andere Seite und nahm es in die Hand. Das Kamasutra. Nun, damit hatte sie bisher keine Erfahrung. Aber ob Regina das für diesen Workaholic hätte lesen müssen? Aber wie dem auch sei, Regina war eine sinnliche Frau gewesen, soviel stand schon mal fest. Eva dachte an das Kochbuch, das auf ihrem Nachttisch lag. Sie setzte offensichtlich die falschen Prioritäten.

Sie ging zum Kleiderschrank, der natürlich begehbar war, und fuhr mit der Hand über ein Meer von Kleidern hinweg, die sich anfühlten, als seien sie für Elfen gemacht. Es kratzte auf ihrem Rücken, doch sie kam nicht ran. Keine Frage, Regina Weimers war eine gepflegte schöne Frau. Gerne hätte Eva sie in diesem Moment persönlich kennen gelernt. Die Kleider hatten höchstens Größe achtunddreißig. Da passten dann natürlich auch mehr in den Schrank als bei ihr, der mit drei Hosen und vier Pullovern in sechsundvierzig schon voll war. Pizza, Wein,

Jürgen. Die drei Todsünden der Eva Sturm. Ein schöner Titel für ein misslungenes Leben.

Mindestens zwanzig Paar Schuhe reihten wie bunte Bonbons in einem Regal, in die höchstens die Füße von Aschenbrödel gepasst hätten.

So langsam schnürte es Eva die Kehle zu. Sie hatte das Gefühl, in eine andere Welt einzutauchen, die ihr bisher verschlossen geblieben war, weil sie einfach nicht hineinpasste.

Dann ging sie in das angrenzende Badezimmer, das auf wundersame Weise lichtdurchflutet war, als sie auf einen Schalter drückte, wobei man aber nicht eine Lampe direkt entdecken konnte.

Weiße Kacheln mit einem Hauch von Blumenmuster, große Spiegel, vor denen Regina sich bestimmt immer lange nach dem Duschen hin und her gedreht hatte, um überflüssigen Grämmchen auf die Spur zu kommen. Eva vermied es, sich im Ganzkörperprofil zu sehen.

Es roch hier, als habe jemand alle wohlriechenden Essenzen zu einem einzigen betörenden Duft zusammengemischt, der einen, wenn man nicht aufpasste, auf der Stelle in einen kleinen Falter verwandelte, der von Zimmer zu Zimmer schwebte. Das Ganze war wie ein Märchen aus tausendundeiner Nacht.

Auf einem elfenbeinfarbenen Schrank an der Wand standen Kosmetika in Reih und Glied nach Farben sortiert. Diese alleine überstiegen schon eine Jahressmiete für ihre Wohnung, überschlug Eva im Kopf. Und dann waren da auch kleine bunte Fläschchen mit Nagellack. Ein Rotes war anscheinend erst kürzlich benutzt worden, denn es stand ein wenig abseits. Und in diesem Moment wusste Eva einfach, dass es das Rot des Nagels war, den sie auf den Stufen in den Keller gefunden hatte. Regina war dort unten gewesen. Natürlich, es war ihr Haus. Aber warum hatte sie sich dort einen Nagel abgebrochen?

Es konnte eine gute Erklärung dafür geben. Man hatte sich vertreten und sie musste sich außerplanmäßig hastig am Geländer festhalten und hatte dabei zu fest zugedrückt. Das konnte eine Erklärung sein. Doch es gab auch noch andere Möglichkeiten, dachte Eva. Und denen würde sie jetzt auf die Spur kommen. Sie zog ein weiteres Papiertaschentusch aus ihrer Tasche und wickelte das Nagellackfläschchen hinein.

Im Hotel

»Wo warst du so lange?«, wurde Eva von Jürgen begrüßt, als sie endlich im Hotel eintraf.

»Ach, das ist eine lange Geschichte ... ich war erst bei dem Verhör und dann bin ich nochmal zu dem Haus von den Weimers gefahren.«

»Wie bist du denn dahingekommen?«

»Ein Kollege hat mich gefahren.«

»Und er hat dich dann auch hierher gebracht?«

»Nein, dann habe ich ein Taxi genommen. Sag mal, was sollen diese blöden Fragen eigentlich?«

»Na, ich hätte dich doch auch fahren können, schon vergessen?«

Ob Regina und Rolf auch so blöde Unterhaltungen geführt haben?, ging es Eva durch den Kopf.

»Es ist doch jetzt wirklich egal«, sagte sie, »jetzt bin ich ja hier.«

»Ich habe mir Sorgen gemacht.«

»Boah, Jürgen. Gibt es hier im Hotel was Gutes zu essen? Ich habe plötzlich einen Bärenhunger.«

»Sicher, der Tisch ist schon reserviert.«

»Na, dann lass uns runtergehen.«

Die Hälfte der Tische war bereits besetzt und Jürgen drängte darauf, noch einmal für seine Umsicht, dass er reserviert hatte, gelobt zu werden.

Männer können so kindisch sein, dachte Eva, und tat ihm den Gefallen.

Sie bestellten etwas von der Karte, weil es keine Pizza gab.

»Habt ihr den Rolf Weimers denn jetzt wegen Mordes verhaftet?«, fragte Jürgen, als der Wein gekommen war.

Eva nickte. »Der Breithart, also der Kollege hier in Münster, ist felsenfest davon überzeugt, dass er Laura ermordet hat.«

»Wer ist Laura?«

»Ach, das weißt du ja noch gar nicht. Laura wurde in der Kühltruhe im Keller gefunden.«

»Aber seine Frau heißt doch Regina.«

»Eben. Es war nicht seine Frau. Es war die Putzfrau.«

»Und die heißt Laura?«

»Genau. Laura Seemann. Aber wenn du mich fragst, dann hat sie nichts mit einer Putzfrau gemein.«

»Verstehe. Du denkst, dass der Hausherr ein Verhältnis mit ihr hatte.« Jürgen bekam glasige Augen bei der Vorstellung und Eva schüttelte den Kopf. Es war immer dasselbe. Wenn das Abenteuer lockte, dann wurden Männer zu kleinen dummen Kindern.

»Nein, das denke ich ehrlich gesagt nicht«, sagte Eva und holte ihn aus dem siebten Himmel wieder auf den Boden der Tatsachen zurück.

»Ach nein? Wieso nicht?«

»Weil es eben das Übliche wäre. Aber ich glaube nicht an das Übliche bei diesem Haus.«

»Dem von Weimers?«

»Ja, welchem denn sonst.« Eva verdrehte die Augen und griff nach ihrem Weinglas. Sie musste sich zusammenreißen und irgendwie wieder in ihre schnöde Welt zurückfinden.

»Ich verstehe wohl nichts von solchen Leuten«, sagte Jürgen leicht pikiert. Dann wurde der erste Gang serviert.

»Es ist doch gut, dass wenigstens Rebekka wieder wohlbehalten zuhause ist«, versuchte Eva kurz darauf, die Wogen wieder zu glätten. Es stimmte ja, dass sie gehässig zu ihm war. Und das nur, weil sie sich selber nicht leiden konnte.

»Ja, das finde ich auch.«

»Danke, dass du dich darum gekümmert hast. Ich meine, mit dem Taxifahrer.«

»War doch Ehrensache.«

»Aber geklingelt hat er nicht bei ihr, oder?«

»Davon hattest du nichts gesagt.«

»Nein, das stimmt. Aber es hätte ja sein können, dass er es trotzdem getan hat.«

»Nein, das hätte er bestimmt gesagt.«

»Sicher.«

»Bleibt der Weimers denn jetzt in Haft?«

»Davon gehe ich aus. Breithart ist wie gesagt davon überzeugt, dass er Laura Seemann umgebracht hat. Und irgendwie scheint er auch zu glauben, dass er auch seine Frau getötet hat, warum auch immer.«

»Das macht für mich aber keinen Sinn. Wenn ich eine Geliebte hätte ... also, das würde ich natürlich nie tun ... dann würde ich doch nur meine Frau umbringen, aber nicht auch meine Geliebte.«

»Stimmt. Das macht keinen Sinn. Aber erzähl das mal dem Breithart. Ich mische mich da jetzt nicht weiter ein. Denn ich habe meine ganz eigene Theorie.«

»Das hätte ich mir ja denken können. Welche denn?«

»Wart's ab«, sagte sie und grinste verschmitzt. »Morgen fahren wir zurück nach Esens.«

»Na, wenn du mir das sowieso nicht sagen willst«, meinte Jürgen, den das wirklich nicht in erster Linie zu interessieren schien, wer da eine Frau nach der anderen abmurkste, »dann könnten wir vielleicht mal über ein anderes Thema reden.«

Er hob sein Glas und prostete ihr zu.

Oh nein, dachte Eva, lass uns über Mord und Totschlag sprechen aber nicht über unsere verkorkste Beziehung. Doch sie hatte Pech. Sekt oder Selters. Jetzt war wohl Selters dran.

»Welches Thema meinst du denn?«, fragte sie und tat so, als interessiere sie sich plötzlich für das Muster auf der Tischdecke.

»Uns«, sagte Jürgen plötzlich ernst. »Wir müssen endlich über uns reden.«

Ach du grüne Neune, dachte Eva und griff noch einmal nach ihrem Weinglas.

»Ich weiß, du hast recht«, sagte sie, als sie einen großen Schluck genommen hatte. »Und im Prinzip bin ich an allem schuld, wenn es schiefläuft. Damit wäre das Gespräch eigentlich auch schon beendet.«

Sie sah ihn offen an und fühlte sich plötzlich hundeelend. Tränen stiegen in ihre Augen, als sie sah, dass seine Mundwinkel zitterten.

»Eva«, sagte er schwach. »Du brichst mir jeden Tag mindestens fünfmal das Herz, ist dir das eigentlich klar?«

Sie nickte. »Ich weiß, dass ich einen Mann wie dich nicht verdient habe. Ich weiß, dass ich oft unausstehlich bin, aber ich weiß nicht, warum eigentlich. Und vor allem weiß ich nicht, wie ich es abstellen soll. Es ist in mir drin.«

»Ein wildes Tier«, murmelte Jürgen.

»Wie?«

»Ach, nichts.«

Er schenkte ihre Weingläser noch einmal voll.

»Eva, wir haben so viel miteinander durchgemacht in den letzten Jahren, das willst du doch wohl nicht einfach über den Haufen werfen ...«

Sie schüttelte mit dem Kopf. Sie musste an das weiche Bett in dem Haus denken. »Vielleicht habe ich so viel Verständnis einfach nicht verdient, das meine ich ehrlich. Ich bin manchmal wie eine Furie und zerschlage alles um mich herum. Und ich tue Menschen weh, die es eigentlich gut mit mir meinen. Doch vielleicht vertrage ich das einfach nicht.«

»Das verstehe ich jetzt ehrlich gesagt nicht«, meinte Jürgen.

»Na ja, du weißt ja, was alles schief gelaufen ist bei mir ...«

Er nickte.

»Und das hat mir nicht so viel Spielraum für die Entwicklung einer gestärkten Persönlichkeit gelassen.«

»Hm ...«

»Wenn man nie geliebt wurde, ich meine echt und nicht nur aus irgendeinem Grund heraus, von dem man sich Vorteile erhofft, dann kann man sich irgendwann gar nicht mehr vorstellen, dass einen jemand vorbehaltlos lieben könnte, auch wenn nichts für ihn dabei herausspringt.«

Jürgen sah sie nachdenklich an. »Aber ich bin so einer, der das macht, Eva.«

Jetzt liefen die ersten Tränen über ihr Gesicht. »Ich habe dich nicht verdient«, schluchzte sie und griff in ihre Tasche und fingerte nach einem Papiertaschentuch, in dem keine Beweisstücke lagerten.

»Mich muss man nicht verdienen«, sagte er leise. »Ich verschenke mein Herz, wenn es die richtige Frau ist. Und du bist die Richtige.«

Jetzt brachen bei Eva alle Dämme. Sie schnäuzte sich und versuchte, ihr Gesicht mit den Händen vor den Blicken der Gäste an den Nachbartischen zu verbergen. Doch es nahm überhaupt niemand Notiz von ihr. Es war wie immer.

Der Abend endete damit, dass Eva in den Armen von Jürgen einschlief. Einfach so. Es war nichts passiert. Und doch war diese Wärme, die jetzt von der Frau ausging, die er über alles liebte, das Schönste, was er sich je erträumt hatte. Wieso glaubte sie eigentlich, dass sie der einzige Mensch war, der sich nutzlos und überflüssig und nicht geliebt vorkam? Das war eben typisch Eva, dachte er, und schlief irgendwann zufrieden ein, als er dem leisen Röcheln von ihr eine Weile gelauscht hatte.

Eva wachte als Erste auf und bekam kaum noch Luft, weil Jürgen beide Arme um ihren Hals geschlungen hatte. Sie fädelte sich aus der Umklammerung und schlich auf leisen Sohlen ins Badezimmer. Es fühlte sich gut an. So vollkommen und ganz. Es war richtig gewesen, dass sie gestern noch einmal über alles gesprochen hatten. Und doch war eigentlich gar nicht so viel gesagt worden. Aber eben das Richtige. Es kam in einer Beziehung nicht auf lange Debatten an, die nur zermürbten. Ihre Herzen hatten gesprochen. Ja, sie liebte Jürgen auch. Das hatte sie gespürt, als sie seinen leisen Atem gehört hatte, als sie in der Nacht aufgewacht war, sich aber nicht zu rühren traute, weil er so glücklich aussah im fahlen Mondlicht, das durch das Fenster hereinfiel. Vielleicht ging es ihm ja ähnlich wie ihr, doch seine Rolle als Mann erlaubte ihm nicht den letzten Schritt der Verweichlichung. Doch was war daran eigentlich verweichlicht, wenn man Gefühl zeigte?

Sie stellte das Wasser der Dusche ab und wickelte sich in ein großes weiches Handtuch. In Hotels fühlte sich immer alles viel sauberer an als Zuhause. Vielleicht lag es auch nur an der Gewohnheit. Wer kümmerte sich schon um seine eigenen Handtücher? Roch daran oder strich sinnlich mit dem Finger darüber. Niemand. Das machte man nur, wenn man weg war. Woanders. Woanders? Ihre Gedanken wanderten wieder zu Regina. Wo war sie in ihren schönen Kleidern hingegangen, wenn Rolf auf Geschäftsreise war? Dieser ganze Aufwand mit den vielen Schuhen und dem Make-up, den hatte sie bestimmt nicht für ihn betrieben. Für ihn gab es doch nur Zahlen und Statistiken.

Eva rieb sich mit der gut riechenden Lotion des Hotels ein und schüttelte ihre Haare nur mit den Fingern auf. Dann spürte sie eine weiche Hand in ihrem Nacken.

In Esens

Die Fahrt nach Esens verlief ruhig, aber in völligem Einklang. Man hätte meinen können, dass hin und wieder jemand mit einem weichen Hammer eine Klangschale anschlug, wenn der Motor von Klaras Wagen plötzlich stotterte. Es störte keinen von beiden. Hin und wieder sahen sie sich aus den Augenwinkeln an und lächelten zufrieden.

Der Wagen von Rebekka stand immer noch vor der Tür, als sie endlich in Esens ankamen.

Eva und Jürgen gingen zur Tür und klingelten.

»Ja bitte«, sagte eine Frau, die Eva schon viel eher als Putzfrau eingestuft hätte. Sie war klein, rundlich und ihre Haare hingen strähnig herab.

»Eva Sturm, Kripo Langeoog. Es geht um Ihre Schwester Regina. Dürfen wir reinkommen?«

Rebekka schlug die Hand vor den Mund. »Oh Gott nein, haben Sie sie etwa gefunden?« Sie lehnte sich an den Türrahmen, um den Halt nicht zu verlieren.

Ein bisschen dick aufgetragen, dachte Eva.

»Nein, bisher nicht«, sagte sie.

»Ich kann einen Kaffee machen«, schlug Rebekka erleichtert vor und lief in die Küche voraus.

Das ganze Haus roch muffig. Die Möbel wirkten alt und wild durcheinander gewürfelt. Kein Stuhl passte zum anderen, geschweige denn zum Tisch. Es kam wohl doch darauf an, dem richtigen Mann zu begegnen, wenn man aus seinem Leben etwas machen wollte.

Anstatt schön geschwungener Kaffeetassen knallte Rebekka drei Becher auf den Tisch, die sie offensichtlich auf Werbeveranstaltungen zusammengeklaubt hatte.

»Milch und Zucker?«, fragte sie und goss den Kaffee ein.

»Nein, danke«, sagte Eva. Nur keine unnötigen Kontaminationen, dachte sie im Stillen.

Rebekka setzte sich zu ihnen an den Tisch und glotzte sie buchstäblich an.

»Wann haben Sie Ihre Schwester zuletzt gesehen?«, fragte Eva frei heraus.

Rebekka schob ihre Unterlippe vor. »Hm ... vor ein paar Wochen, glaube ich. So oft kam sie ja nicht hier rauf.«

»Und Sie? Waren Sie nie in Münster?«

»Nein, was sollte ich denn da?«

»Na, Ihre Schwester besuchen zum Beispiel.«

»Rolf mochte mich noch nie.«

»Aha. Aber Ihre Schwester wollte Sie doch eigentlich kürzlich besuchen, oder?«

»Ja, das stimmt. Rolf wollte mal wieder auf Geschäftsreise gehen und da wollte Regina kommen.«

»Aber sie kam nicht?«

Rebekka schüttelte heftig mit dem Kopf. »Nein, sie war nicht hier.«

»Das ist komisch«, sagte Eva, »denn man hat ihre Handtasche hier in Esens in einem Café gefunden. Und zwar vor noch nicht allzu langer Zeit.«

»Echt? Das ist ja komisch.«

»Ja, vor allem, weil sie ja gar nicht hier war, nicht wahr?«

»Verstehe ich nicht.«

»Na, fragen Sie mich mal.«

»Hä?«

»Schon gut. Also, Sie bleiben dabei, dass Ihre Schwester nicht hier war?«

»Nicht bei mir jedenfalls«, sagte Rebekka und ihre Augen wurden zu kleinen Schlitzen. »Wenn Sie sich hier mit jemand anderem getroffen hat, dann weiß ich nichts davon.«

»Tragen Sie Nagellack?«, fragte Eva und Jürgen sah sie erstaunt an. Selbst ihm wäre dieser fehl am Platze erschienen bei diesen schmuddeligen Pranken. Da waren ja sogar kleine schwarze Ränder unter den Nägeln.

»Nagellack? Nein, den hab ich nicht.«

Eva stand auf und lief durch die Küche und sah aus dem Fenster.

»Sie haben einen schönen Garten«, sagte sie. »Der macht sicher viel Arbeit.«

»Ja, das kann man wohl sagen.« Rebekka war aufgestanden und sah jetzt mit nach draußen.

»Das Beet dort drüben ist wohl neu, oder?«

»Ja, da habe ich Blumenzwiebeln gesteckt«, sagte Rebekka voller Enthusiasmus. »Vorher musste ich aber alles umgraben, weil der Rasen so lange nicht gemäht worden war. Aber mir macht sowas ja Spaß, ich meine Gartenarbeit.«

»Ja, die muss man mögen«, sagte Eva. »Ich beschäftige mich ja lieber mit der Aufklärung von Mordfällen. Und meistens bin ich ziemlich gut darin.«

»Jeder muss das machen, was er am besten kann«, sagte Rebekka und ging wieder an den Küchentisch, um sich auf ihren Stuhl zu setzen.

»Noch Kaffe?«, fragte sie.

»Nein danke«, sagte Eva und setzte sich auch wieder. »Wann haben Sie davon erfahren?«

Rebekka sah sie fragend an. »Was erfahren?«

»Na, dass Ihre Schwester auf Frauen steht.«

Jetzt lachte sie bitter auf. »Sie sind ja verrückt. Regina hatte nichts mit Frauen, die hatte doch Rolf.«

»Warum sprechen Sie von Ihrer Schwester eigentlich in der Vergangenheitsform? Sie ist doch nur verschwunden.« Eva fixierte sie mit einem Blick, den Jürgen sich auch manchmal von ihr wünschte. Er bewunderte sie unendlich in diesem Moment.

»Ach, das macht man doch automatisch. Und ich habe Regina so lange nicht gesehen ... ich mache mir Sorgen. Sie sollten sie lieber suchen, als mich hier mit so blöden Fragen zu belästigen.«

»Was würden wir eigentlich finden, wenn wir das neue Beet, was sie da draußen angelegt haben, wieder umgraben würden?«

Rebekka schluckte. »Würmer, nehme ich an. Jedenfalls habe ich eine Menge davon gesehen, als ich die Zwiebeln gesetzt habe.«

»Also, ich bin mir ziemlich sicher, dass wir dort Ihre Schwester Regina finden werden«, sagte Eva. »Und es ist besser, wenn Sie jetzt die Wahrheit sagen. Sie kommt sowieso ans Licht.«

Rebekka saß da wie erstarrt. Plötzlich schien die ganze Härte von ihr abzufallen. Sie bewegte sich nicht, doch die Tränen liefen über ihr Gesicht.

»Reden Sie, Rebekka, das macht es Ihnen leichter«, sagte Eva.

Und dann begann Rebekka zu erzählen. Schon als kleines Mädchen sei sie immer diejenige gewesen, die für ihre Schwester alles machen musste. Sie war das Kind fürs Grobe, während Regina den ganzen Tag auf Papas Schoß saß, durfte sie der Mutter beim Abwasch und beim Wäschewaschen helfen.

Regina bekam immer die schönsten Kleider und die schönsten Schuhe. Die schönsten Bücher und Spielzeuge bekam sie sowieso. Für dich Rebekka, ist das doch nichts, du brauchst was Vernünftiges, wo du deine Kräfte dran austoben kannst, hatte es immer geheißen. Wenn Regina eine neue Puppe mit wunderschönen Kleidern bekam, dann gab es für Rebekka nur einen alten Traktor oder ein Feuerwehrauto. Sie durfte am Ende sogar die alten Cordhosen ihrer Vettern auftragen, weil sie so kräftig gebaut war, während man für Regina sogar in die nächstgrößere Stadt fuhr, um ihr ein Seidenkleid zu kaufen.

»Das war sicher hart«, sagte Eva mitfühlend. Wer wusste besser, wie es war, wenn man abgelehnt wurde.

»Ja, das war es. Ja, ich habe Regina gehasst. Immer.«

»Und Regina? Wie hat Sie sich Ihnen gegenüber verhalten?«

Rebekka lachte auf. »Sie war nett zu mir. Können Sie sich das vorstellen? Sie war immer nett zu mir. Wenn sie eine neue Puppe bekam, dann hat sie mir heimlich die alte zum Spielen gegeben. Aber das durfte unser Vater nicht sehen. Ich glaube, er wollte immer einen Jungen. Aber da waren nur ich und Regina. Also musste ich wohl der Junge sein.«

»Das tut mir Leid für Sie ...«

»Ach, was soll's, man wird ja irgendwann erwachsen. Und dann macht man das, was man eigentlich immer machen wollte.«

»Sie haben nie geheiratet?«

Rebekka schüttelte den Kopf. »Ich bin lieber alleine. Da kann mir keiner reinreden und Vorschriften machen.«

»Und Regina hat Sie hier immer besucht?«

»Klar. Das ist doch ihr Elternhaus. Und ich glaube, ich tat ihr irgendwie leid. Einmal hat sie gesagt, dass sie alles anders machen würde, wenn sie nochmal von vorne anfangen könnte.«

»Sie meinte, sie würde dann nicht mehr gemein sein zu Ihnen.«

»Ja, vielleicht. Aber eigentlich konnte sie ja auch nichts dafür, wir waren doch Kinder. Regina doch auch.«

»Und dann haben Sie mitbekommen, dass Ihre Schwester Regina eine junge Frau liebt, oder? Eine, die all das hatte, was sie nicht haben konnten als junges Mädchen. Sie war schön und wurde von Regina geliebt. Das, was sie nie hatten. Waren Sie eifersüchtig?«

Rebekka sagte nichts und quetschte ihre Hände ineinander.

»Sie wollte ja alles wieder gutmachen«, sagte sie schließlich.

»Doch das ging nicht nach all dem Schmerz, den sie durchlitten haben, habe ich recht?«

»So einfach ist das nicht. Man kann doch seine vielen schwarzen Nächte nicht vergessen, in denen man nur geweint hat.«

Verdammt, dachte Eva, es wird hart werden, diese Frau zu verhaften. Und doch musste es sein.

»Können Sie mir jetzt erzählen, was sich in der Nacht, als Laura Seemann starb, zugetragen hat? Sie haben Sie doch getötet, oder?«

»Ich wollte das nicht«, antwortete Rebekka leise.

Dann erzählte sie, was geschehen war.

Es stimmte tatsächlich, dass Regina zu ihr nach Esens kommen wollte, wenn Rolf zu seiner Geschäftsreise aufbrach. Rebekka hatte dafür alles vorbereitet. Sie hatte neue Bettwäsche gekauft und sogar ein paar Köstlichkeiten aus dem Feinkostladen besorgt. Sie wollte, dass ihre Schwester sich wohlfühlte.

Doch Regina kam nicht.

Sie wartete zwei Tage. Zwei lange Tage, in denen sie wie ein verwundetes Tier litt. Sie fühlte sich schlecht und wertlos. Warum kam Regina nicht? Warum war wieder alles andere wichtiger und schöner als sie?

Als sie auch am dritten Tag nicht kam, beschloss Rebekka, nach Münster zu fahren. Sie wollte endlich wissen, was eigentlich so falsch an ihr war. Warum sie es nicht wert war, dass man sich an Verabredungen mit ihr hielt.

Und dann hatte sie die beiden durch das große Fenster gesehen. Sie hatten nicht einmal die Vorhänge zugezogen.

Regina lag mit einer jungen Frau, fast nackt, auf dem großen Sofa und ließ sich von ihr streicheln. Sie küssten sich. Immer wieder und überall.

»Es hat so weh getan«, sagte Rebekka.

Jürgen hatte sich bereits aus der Küche verzogen. Frauenprobleme gingen ihn nichts an.

»Ich glaube Ihnen«, sagte Eva, »erzählen Sie bitte weiter.«

Sie hatte den Rest der Nacht im Auto vor dem Haus von Rolf und Regina verbracht. So warm war es noch nicht im Frühjahr und am nächsten Morgen wachte sie mit steifen Gliedern und durchgefroren auf.

Sie wollte ihre Schwester zur Rede stellen und klingelte an der Tür.

Das erste, was Regina gemacht hatte, war, dass sie lachte.

»Sie hat einfach nur gelacht«, sagte Rebekka, »können Sie sich das vorstellen? Ich bin so weit gefahren und dann lacht sie nur.«

Als Regina sie schließlich ins Haus gelassen habe, da hätte Laura bereits in der Küche gesessen. Sie trug nur einen leichten Seidenmorgenmantel von Regina. Und die beiden hätten keinen Hehl daraus gemacht, wie sie zueinanderstanden.

»Ich wollte mit Regina alleine reden«, sagte Rebekka, »doch sie hat gesagt, dass Laura ruhig alles wissen dürfte, was sie betrifft.«

Und dann hätte Regina vorgeschlagen, sie solle sich doch auf ihre Kosten ein Hotelzimmer in Münster nehmen, damit sie etwas zusammen unternehmen könnten.

»Sie wollte mich nicht in ihrem schönen Haus haben, damit sie mit dieser Laura wieder auf dem Sofa ...«. Angewidert drehte sie sich weg.

»Warum haben Sie Laura Seemann getötet?«, fragte Eva.

Das sei eher ein dummer Zufall gewesen, erklärte Rebekka. Regina hätte sich umentschieden und habe ihr angeboten, doch im Haus zu bleiben. Schließlich gäbe es ein schönes Gästezimmer für sie. Es war klar gewesen, dass Laura bei Regina schlafen würde.

Und zu Anfang sei der Abend auch ganz gut gelaufen. Regina hätte was Gutes zu essen bestellt und Laura sei immer wieder in den Keller gegangen, um Rotwein zu holen. Beim letzten Mal, da sei Regina auf der Toilette gewesen. »Und als Laura in den Keller ging, da bin ich ihr nach ...«

»Was wollten Sie von ihr?«

»Ich weiß es nicht. Sie sollte einfach aufhören, Regina anzufassen.«

Es kam zu einem bösen Streit, zu dem auch Regina dazukam. Irgendwie sei Laura dann böse gefallen. Sie hätte ihren Kopf an der Treppe gestoßen und sei einfach auf den Boden geknallt.

»Regina hat so geweint ... sie hat so geweint.«

Aber Laura war tot. Daran gab es nichts mehr zu ändern.

»Und wer hat Laura in die Truhe gelegt?«, fragte Eva.

»Das haben wir zusammen gemacht. Regina und ich. Endlich waren wir wieder wie Schwestern. Es war so schön.«

»Und Regina? Sie liegt jetzt in Ihrem Garten, habe ich recht?«

Rebekka nickte.

Als Laura in der Truhe lag, habe Regina ein paar Sachen gepackt. Es sei das Beste, wenn sie erst mal zusammen nach Esens fahren würden, hatte sie gesagt. Und Rebekka hatte vorgeschlagen, den Mord an Laura einfach Rolf in die Schuhe zu schieben. Und da Regina ihn sowieso nicht mehr geliebt habe, hätte sie zunächst zugestimmt. Die Ehe war sowieso vorbei. Und am Ende würde man Rolf ja gar nichts anhaben können, weil er ja auf Geschäftsreise war. Irgendwie war alles ganz verworren. Und als sie in Esens ankamen, da wäre es irgendwie zu einem heftigen Streit gekommen. Plötzlich hatte Regina keine Lust mehr auf diesen blöden Plan.

»Und irgendwann habe ich dann meine Hände um ihren Hals gelegt«, sagte Rebekka und wirkte nicht mehr wie von dieser Welt. »Sie sollte endlich ruhig sein.«

Das alles musste Eva erst mal verarbeiten. Wieder ein Fall, der sie lange begleiten würde.

»Und Sie waren mit Regina noch in diesem Café, in dem man ihre Handtasche fand?«

Rebekka schüttelte den Kopf. »Nein, die hab ich da hingelegt. Einfach unter den Tisch. So hätte man doch denken können, dass Regina noch lebt, oder?«

»Tja, das haben wir ja auch. Ich muss Sie jetzt leider mit nach Münster nehmen. Wir müssen den Fall dort abschließen.«

»Das ist gut«, sagte Rebekka. »Ohne Regina macht mein Leben doch sowieso keinen Sinn mehr.«

In Münster

Jürgen fand es etwas grenzwertig, dass sie die Mörderin mit dem alten Opel von Klara nach Münster brachten. Doch Eva hatte nur abgewinkt. Es bestehe keine Gefahr, dass diese Frau zu fliehen versuche.

Von unterwegs rief sie die Kollegen in Wittmund an, um sie über die Leiche, die man in Rebekkas Garten finden würde, zu informieren. Die Kollegen versprachen, sich darum zu kümmern. Eva konnte ihr Kopfschütteln direkt durchs Telefon spüren.

Die Fahrt nach Münster verlief überwiegend ruhig. Jürgen ärgerte sich hier und da über eine Baustelle, doch Eva kümmerte das nicht. Viel zu sehr war sie mit ihren eigenen Gedanken beschäftigt, so dass sie manchmal gar nicht mitbekam, wenn sie in einem kurzen Stau standen. Jedenfalls nicht, bis Jürgen wieder fluchte.

Rebekka sagte während der Fahrt nicht einen Ton. Sie hatte ohne Gegenwehr ihre Jacke genommen und war mit in den Wagen gestiegen. Man sah ihr nicht an, dass sie ihre eigene Schwester ermordet hatte. Kaltblütig erwürgt. Oder konnte es noch als Affekthandlung durchgehen? Wenn es nach Eva ging, dann auf gar keinen Fall. Doch was wusste sie schon davon, was in Rebekkas Kopf vor sich ging.

Wahrscheinlich dachte sie sogar, dass sie gar nicht anders hätte handeln können. Sicher würde sie in psychiatrische Behandlung kommen und lange Zeit in einer geschlossenen Klinik verbringen, wenn sie einen entsprechend guten Anwalt hatte, der auf verminderte Schuldfähigkeit plädierte.

Und dann waren da noch ganz andere blöde Gedanken, die in Evas Kopf herumspukten. Sie fragte sich die ganze Zeit, ob sie selber auch zu so einer Tat in der Lage wäre. Jemanden so nahe zu sein, dass sie aus Verzweiflung tötete. Und es wollte ihr partout niemand einfallen, der sie emotional so mitriss. Und das machte ihr irgendwie zu schaffen, so komisch es auch klang. Sie hatte zu niemandem so eine große Bindung, dass sie Gefahr lief, derart zu entgleisen. Sicher, es gab Robert, zu dem sie mittlerweile so etwas wie Freundschaft empfand. Doch es gäbe sicher nichts, was er tun konnte, dass sie derart ausrasten lassen konnte.

Und Jürgen? Ach, Jürgen war eben Jürgen. Sie liebte ihn, das ja. Aber wie drückte sich diese Liebe eigentlich aus? War es eine Art Angewohnheit, dass sie immer zusammen waren? Nein, das wäre zu wenig. Da waren auch Gefühle im Spiel und nicht nur Bequemlichkeit. Aber nie und nimmer würde sie ihn umbringen, wenn er sie zu verlassen drohte.

»Eva?«
Erschrocken sah sie zur Seite. »Ja?«
»Ist irgendwas?«
»Nein, wieso?«
»Du bist so still.«
»Ich denke nur nach ...«
»Hm.«
»Wie lange brauchen wir noch?«
»Eine gute halbe Stunde.«
»Na dann.«
»Woran hast du gerade gedacht?«
»Dass ich dich wohl nie umbringen werde.«
»Oh, wie beruhigend.«

Als sie in Münster ankamen, wurde die Verdächtige von den Kollegen abgeführt und in einen Verhörraum gebracht.

»Jetzt kommt der schlimmste Teil«, sagte Eva zu Jürgen, »jetzt muss ich mit Breithart sprechen.«

»Dann vertrete ich mir mal die Beine«, antwortete er, »auf Stress habe ich jetzt keine Lust. Die Fahrt war anstrengend genug.«

»Ist gut. Ich ruf dich auf dem Handy an, wenn ich hier fertig bin.«

Sie klopfte und betrat das Büro des Kollegen.

Er sah mürrisch auf.

»Ist das so üblich in Ostfriesland?«, fragte er brummig. »Gefangene mit Mamas Wagen zu transportieren?«

»Es bestand keine Fluchtgefahr«, entgegnete Eva.

»Da warst du dir deiner Sache wohl sehr sicher.«

»Allerdings.«

Sie setzte sich auf einen Besucherstuhl, obwohl er ihr keinen Platz angeboten hatte. Dann schilderte sie im Groben, was sich in Esens zugetragen hatte.

»Was mich noch ein wenig beschäftigt ist die Rolle, die Rolf Weimers bei der ganzen Sache gespielt hat«, sagte Eva schließlich. »Vielleicht sollten wir ihm noch einmal auf den Zahn fühlen. Es könnte ja durchaus sein, dass er gar nicht so unbeteiligt war, wie es zurzeit aussieht.«

»Klar, daran habe ich auch schon gedacht«, sagte Breithart und nippte an seinem kalten Kaffee herum.

»Vielleicht sollten wir mit seiner Befragung beginnen.«

»Von mir aus.«

»Hast du auch einen Kaffee für mich?« Irgendwie fühlte sie sich plötzlich müde.

»Nur Kalten«, erwiderte er schroff, besann sich dann aber doch eines Besseren. Schließlich hatte Eva ihm die Verdächtige auf einem Silbertablett serviert. »Ich hole dir einen, Milch und Zucker?«

Eva nickte und sah sich in seinem Büro um, während sie wartete. Bestimmt war er Junggeselle. Auf dem Schreibtisch lag alles kreuz und quer verstreut, unter anderem auch angebrochene Schokolade und Kekstüten. Sicher bekam er nie etwas Vernünftiges zu essen. An seiner Jacke, die über den Stuhl gehängt war, fehlten zwei Knöpfe. Aber verfiel sie hier nicht in alte Klischees, wenn sie davon ausging, dass eine Frau heutzutage noch Knöpfe annähte?

Er kam mit dem Kaffee zurück.

»Danke, den kann ich jetzt gebrauchen«, sagte Eva.

»Will ich wohl glauben ... ich hab den Weimers wieder in Verhörraum zwei bringen lassen.«

»Gut, dann können wir ja gehen.« Sie reichte ihm die Hand.

Er stutzte einen Moment, schlug dann aber doch ein. »Okay.«

»Lothar, dann werden wir den Fall jetzt mal gemeinsam abschließen.«

Rolf Weimers sah blass aus.

»Herr Weimers, ich muss Ihnen leider eine traurige Nachricht überbringen«, begann Eva.

»Nein!«, stieß er aus. »Nicht Regina!«

»Doch, leider ja. Sie ist tot.«

»Nein!« Er vergrub sein Gesicht in den Händen und weinte tatsächlich. Als er sich wieder beruhigt hatte, hielt Eva ihm ein Papiertaschentuch hin. »Wie?«, fragte er und schnäuzte sich.

»Es war Rebekka, sie hat Ihre Frau auf dem Gewissen.«

»Rebekka? Das verstehe ich nicht. Warum ermordet sie ihre eigene Schwester?«

»Da kam wohl einiges zusammen.«

Breithart sah von einem zum andern und kam sich ziemlich überflüssig vor.

»Ich verstehe das nicht«, sagte Rolf Weimers. »Regina wollte Rebekka doch nur besuchen ... und was ist eigentlich mit Laura? Hat sie diese etwa auch ermordet?«

»Ja, so ist es. Es ging wohl um die Beziehung, die Ihre Frau zu Laura Seemann hatte«, erwiderte Eva. »Damit kam Rebekka nicht zurecht.«

Für einen Moment wich Rolf Weimers Evas Blick aus.

»Sie war doch nur unsere Putzfrau, was sollte Rebekka denn für ein Problem mit ihr gehabt haben?«

»Sehen Sie mich an, Herr Weimers«, bat Eva, und er wandte sich ihr zu. »Wir beide wissen doch, dass Sie Bescheid gewusst haben über die Beziehung, die Regina mit Laura verband.«

Die Lippen von Rolf Weimers zitterten, als er den Mund öffnete. »Ja, es macht wohl keinen Sinn mehr, es zu leugnen. Ich habe davon gewusst.«

»War Laura die erste Freundin Ihrer Frau?«

Er schüttelte den Kopf. »Nein.«

»Und Sie haben es toleriert, dass sie etwas mit Frauen hatte?«

»Was hätte ich denn machen sollen? Natürlich hat es eine Weile gedauert, bis ich kapiert habe, warum sie mir gegenüber so abweisend war. Doch dann habe ich sie eines Tages überrascht, als ich früher als geplant von einer Geschäftsreise nach Hause kam.«

»Und wie ist es dann weitergegangen? Sie hätten sich doch auch scheiden lassen können?«

»Ach, warum hätten wir das tun sollen? Es ging uns doch gut. Ich habe Regina doch auch schon betrogen, da war es nur fair, dass ich ... ich meine, es ist doch egal, ob sie mich mit einem Mann oder einer Frau betrügt.«

»Ja, da haben Sie wohl recht. Aber ich nehme an, dass ihre Beziehung zueinander dann eine andere wurde.«

»Sicher. Aber wir haben uns weiterhin geliebt, nur eben anders. Sex ist doch nicht alles, wenn man einem Menschen vertraut.«

Tja, da hatte er wahrlich mal recht.

»Da stimme ich Ihnen zu. Aber warum haben Sie uns dann erst das Märchen von der Putzfrau aufgetischt?«

»Um Regina zu schützen«, sagte er, und es klang ehrlich. »Ich wusste doch nicht, dass sie längst tot war ...«. Jetzt weinte er wieder und Eva schob ihm das ganze Paket Papiertaschentücher rüber.

Lothar Breithart räusperte sich und legte die Hände auf den Tisch. »Dann hätten wir's jetzt wohl«, sagte er im brummigen Ton.

»Ja, vielleicht«, erwiderte Eva und zog die Stirn in Falten. Etwas an der ganzen Sache schmeckte ihr noch nicht. Es lief alles viel zu glatt.

Und merkwürdig fand sie jetzt mit einigem Abstand auch die Tatsache, dass Regina sich so mir nichts dir nichts darauf eingelassen hatte, den Tod von Laura mit zu vertuschen und am Ende noch ihrem Mann die Schuld in die Schuhe zu schieben. Damit hätte sie doch gleich zwei Menschen verloren, die sie eigentlich geliebt hatte. War das wirklich realistisch? Und dann die Sache mit der Putzfrau. Immerhin lebte man jetzt im 21. Jahrhundert und musste sich nicht mehr hinter seinen Neigungen verstecken. Jedenfalls hoffte Eva das, obwohl die Realität natürlich oft anders aussah. Und trotzdem. Alleine, dass Rolf Weimers nicht nach unten in den Keller gehen wollte, um das Opfer zu identifizieren, war schon mehr als merkwürdig gewesen. Hätte er nicht gleich überstürzt runterrennen müssen in der Angst, dass es Regina war? Aber das brauchte er ja nicht, weil er wusste, wer da in der Truhe lag. Um seine Frau brauchte er sich also keine Sorgen zu machen.

»Ist noch irgendwas?«, fragte Breithart, der befürchtete, dass Eva gleich einnickte, wenn sie hier noch länger saßen.

»Ich weiß nicht so recht«, sagte Eva. »So ganz will mir die Aussage von Ihnen, Herr Weimers, noch nicht einleuchten.«

»Aber ich habe Ihnen alles gesagt«, wehrte Weimers ab. »Was wollen Sie denn noch hören? Eigentlich hätte ich doch jetzt einen Anspruch auf Freilassung, nachdem Rebekka alles gestanden hat.«

Tja, Rebekkas Aussage. Wenn es danach ging, dann hatte er zweifellos recht. Aber wenn sie wegen ihrer emotionalen Labilität schon in der Lage war, ihre eigene Schwester zu ermorden, wozu war sie dann noch fähig? Aber sollte sie etwas mit Rolf gehabt haben? Schwer vorstellbar bei den Gegensätzen, die diese Schwestern aufwiesen. Die eine zierlich und schön, während die andere eher die Frau fürs Grobe war. Doch was würde so eine Frau wie Rebekka, die immer ins Hintertreffen geraten war wegen ihrer Schwester, wohl alles für ein wenig Zuneigung tun?

»Herr Weimers«, sagte Eva, und die beiden Männer sahen sie neugierig an. »Wie war eigentlich Ihre Beziehung zu Ihrer Schwägerin Rebekka?«

»Rebekka?«, wiederholte er. »Ich weiß nicht, sie war eben die Schwester von Regina.«

»Es gab also keine weitere Verbindung zwischen ihnen beiden?«

»Um Gottes willen, nein.« Abwehrend hob er die Hände.

»Und Rebekka hat Ihnen gegenüber auch nie Andeutungen gemacht, dass sie etwas mehr von Ihnen wollte, ich meine, eine engere Beziehung zum Beispiel?«

»Ich weiß nicht, was die Frage soll«, sagte Weimers. »Regina war meine Frau und Punkt.«

»Oder eben auch nicht«, blieb Eva beharrlich. »Schließlich hat sie sich ja Frauen zugewandt. Wie lange ging das eigentlich genau schon so?«

Rolf Weimers faltete die Hände und legte sie abwehrend auf den Tisch. »Ich weiß nicht, was Sie hier konstruieren wollen«, sagte er nüchtern. »Aber wenn Sie es genau wissen wollen, Regina hat seit mehreren Jahren nicht mehr mit mir geschlafen.«

»Weil Sie ein Mann sind.«

»Richtig, weil ich ein Mann bin.«

»Und Sie hatten Beziehungen zu anderen Frauen, eben, weil Sie ein Mann sind.«

»Natürlich habe ich auch Bedürfnisse«, gab er zu. »Aber wenn man sich als Paar einig ist, dann geht das doch niemanden etwas an.«

»Da haben Sie sicher recht. Doch Sie beide waren noch nicht über sechzig, so dass sie mit dem Leben schon abgeschlossen hatten und sich ihrem Schicksal fügen mussten. Dafür gab es keinen Grund. Sie waren nicht aufeinander angewiesen, wenn man so will. Oder gibt es da etwas, dass Sie uns verschweigen?«

»Muss ich mir das hier noch länger anhören?«, wandte sich Rolf Weimers jetzt an Breithart.

Der zuckte nur mit den Schultern. »Frauen«, sagte er nur, »Zuhause habe ich auch nichts zu melden.«

Also doch kein Single, dachte Eva, da habe ich mich wohl geirrt.

»Ich muss mal kurz telefonieren«, sagte sie, »und Sie bleiben hier, Herr Weimers.« Sie verließ den Verhörraum.

Nach ein paar Minuten kehrte sie zurück.

»Tja, es ist wohl so, wie ich es bereits vermutet habe«, begann sie und ihre Stimme klang, als habe sie jetzt die Lösung gefunden.

»Spanne uns bitte nicht auf die Folter«, sagte Breithart und gähnte.

»Dann werde ich mich kurz fassen. Regina Weimers ist nicht nur erwürgt worden, so wie es Rebekka behauptet hat. Vielmehr hat sie eine Vielzahl an blauen Flecken und auch eine größere Verletzung am Hinterkopf. Die Kollegen in Ostfriesland gehen davon aus, dass es vor ihrem Tod zu einer überaus heftigen körperlichen Auseinandersetzung gekommen ist, bevor sie schließlich starb.«

»Müssen Sie mich jetzt mit solchen Details quälen?«, fragte Rolf Weimers und griff schon wieder nach einem Taschentuch.

»Ich fürchte ja«, sagte Eva, »und dieses Theater mit dem Rumgeheule, das können Sie sich sparen. Denn ich sage Ihnen jetzt mal, was ich denke. Sie haben ihre Frau gemeinsam mit Ihrer Schwägerin umgebracht und Laura gleich mit.«

»Sie sind ja völlig verrückt geworden«, entrüstete Weimers sich jetzt.

Breithart lehnte sich gespannt auf seinem Stuhl zurück und lernte gerade, dass es auch bequem sein konnte, eine Frau die Drecksarbeit machen zu lassen.

»Mag sein. Aber ich traue Rebekka einfach nicht zu, dass sie gleich mit zwei Frauen fertig wird, auch wenn sie wesentlich kräftiger ist, als Regina. Aber selbst, wenn sie das noch geschafft hätte, so denke ich nicht, dass Ihre Frau in aller Seelenruhe mit nach Esens gefahren wäre, nachdem ihre Schwester soeben ihre Geliebte getötet hatte.«

»Sie können mir aber nichts beweisen.«

»Oh, ich denke doch«, sagte Eva und Breithart machte große Augen. »Ich habe auf den Stufen der Kellertreppe einen abgebrochenen Fingernagel gefunden, der Regina gehörte.«

»Und was besagt das?«, fragte Weimers schroff.

»Nun, unter dem Fingernagel war Blut. Und zwar Ihres.«

Jetzt wurde Weimers kalkweiß im Gesicht.

»Ich will einen Anwalt«, sagte er. »Jetzt sage ich nichts mehr ohne meinen Anwalt.«

»Das würde ich auch so machen«, sagte Eva, »aber helfen wird es Ihnen nicht. Vielleicht können Sie noch etwas für sich herausholen, wenn Sie jetzt gestehen. Oder was meinst du Lothar?«

Breithart nickte. »Doch, meistens geht da noch was.«

»Also, was sagen Sie, Herr Weimers? Wollen Sie den einfachen oder doch lieber den komplizierten Weg über Ihren Anwalt?«

Weimers stützte die Arme auf den Tisch und legte seinen Kopf in seine Hände. »Ich habe nicht gewollt, dass es soweit kommt«, sagte er kaum hörbar. »Doch Regina hat mich erpresst.«

»Erpresst? Womit denn?«, fragte Breithart jetzt.

»Sie wollte mich geschäftlich ruinieren. Ich sollte sie auszahlen, sie wollte sich scheiden lassen. Aber wie hätte ich mir das denn leisten sollen? Ich habe gesagt, dass es doch alles gut ist, so wie es ist. Mir haben ihre Spielchen mit Frauen doch nichts ausgemacht, solange alles unter uns blieb.«

»Aber dann hat sie Laura kennen gelernt, richtig?«

Weimers lachte bitter auf. »Tja, Laura. Sie hat alles kaputtgemacht. Regina war nicht mehr dieselbe. Und das Schlimmste ist, dass Laura nur auf mein Geld aus war. Sie hat am Anfang sogar noch versucht, sich an mich heranzumachen, als sie immer öfter bei uns zuhause war. Und als das nicht geklappt hat, da hat sie Regina den Floh ins Ohr gesetzt, dass sie doch ein viel schöneres Leben ohne mich, dafür aber mit ihr führen könnte. In aller Öffentlichkeit.«

»Und Ihre Frau hat die Scheidung gefordert?«

»Ja. Es war einfach ... ich konnte mir das nicht leisten. Und dann hat Laura sie dazu angestiftet, dass sie mich doch dazu zwingen sollte, ansonsten würden die beiden sich in aller Öffentlichkeit zueinander bekennen und meinen Namen in den Dreck ziehen.«

Eva verstand die Dramatik dahinter nicht ganz. »Was wäre denn so schlimm daran gewesen, wenn man davon erfahren hätte, dass Ihre Frau auf Frauen steht, wenn sie getrennt gewesen wären?«

»Ach, Sie als Frau können das nicht verstehen. Wie hätte ich denn dagestanden als Mann?«

Da war es wieder, dachte Eva. Dieses ungute Gefühl, dass selbst heute, nach über fünfzig Jahren Emanzipation, noch alles beim Alten war.

»Eine Frage hätte ich noch«, sagte sie, »wer ist eigentlich in Ihr Haus eingebrochen? Das war doch sicher alles nur gestellt, oder?«

Rolf Weimers nickte. Jetzt war ihm sowieso alles egal. »Ja, das stimmt. Ich dachte, es sieht für mich besser aus, wenn jemand einbricht. Es war meine Geliebte, ich hatte sie dazu überredet. Bitte belangen Sie sie nicht.«

»So einfach ist das nicht, aber darum kümmere ich mich später.«

Sie verließ mit Breithart den Verhörraum.

»Das mit dem Fingernagel wird noch ein Nachspiel haben«, brummte Breithart, als sie auf dem Flur waren. »Das war Unterschlagung und Entfernung von Beweismaterial vom Tatort.«

»Ach, nun hab dich doch nicht so«, meinte Eva beschwichtigend. »Schließlich haben wir ihn dadurch überführt.«

»Hm. Und wie hast du überhaupt so schnell die Blutuntersuchung gekriegt? Doch wohl nicht etwa in Ostfriesland?«

»Ach Quatsch. Das habe ich erfunden. An dem Nagel war zwar etwas, was wie Blut aussah, aber ich habe es nicht in die Kriminaltechnik gegeben.«

»Boah, damit hättest du aber gut und gerne auf die Nase fliegen können, wenn er jetzt nicht eingeknickt wäre.«

»Das glaube ich nicht. Ich habe ihm an der Nasenspitze angesehen, dass er etwas loswerden wollte. Es war nur die Frage, wie ich es am besten anstelle.«

»Na, deine Ruhe möchte ich haben.«

»Und jetzt noch Rebekka?«, fragte Eva.

»Dann hätten wir alles im Kasten.«

»Auf geht’s.«

Es dauerte nicht lange, bis Rebekka zusammenbrach und gestand, dass sie die Morde nicht alleine begangen hatte. Und tatsächlich befand sie sich auch bei Rolf Weimers in einer gewissen emotionalen Abhängigkeit, die er schamlos ausgenutzt hatte. Als er gespürt hatte, dass sie darauf ansprang, wenn er ihr Nettigkeiten sagte, hatte er wohl noch eins obendrauf gesetzt, bis sie ihm völlig aus der Hand gefressen hatte.

»Er hat gesagt, uns kann nichts passieren«, jammerte Rebekka. »Und eigentlich hatte er doch auch recht. Das, was Regina mit ihm gemacht hat, das war doch nicht richtig.«

»Wie ist es denn zu ihrem gemeinsamen Plan gekommen, Regina und Laura aus dem Weg zu räumen?«, fragte Eva und es interessierte sie jetzt nicht mehr im Geringsten, dass Rebekka litt.

»Das hat Rolf nicht erzählt? Sie haben ihn doch eben verhört?«

»Ich möchte es gerne auch noch einmal von Ihnen hören«, sagte Eva. »Es könnte doch sein, dass er uns angelogen hat.«

»Rolf lügt nicht, niemals«, sagte Rebekka dann auch sofort und ihre Augen bekamen einen sonderbaren Glanz. Was hatte Rolf Weimers bloß mit ihr gemacht, dass sie so weit gegangen war? »Er hat gesagt, dass alles wieder in Ordnung kommen wird, wenn Laura nicht mehr da ist.«

Es war also nur um Laura gegangen? Und Regina war dann doch das zufällige Opfer gewesen? Irgendwie verstand Eva nicht ganz, was hier vor sich ging.

»Aber Sie haben doch gemeinsam mit Rolf Weimers Laura Seemann und auch Regina in dem Haus in Münster getötet, oder?«

»Aber doch nicht extra«, sagte Rebekka.

»Was soll das denn Bitteschön heißen?«

»Na, Laura ist doch von der Treppe gefallen«, sagte Rebekka und sah Eva erstaunt an. »Das habe ich Ihnen doch schon alles erzählt.«

»Ja, und Sie haben mir auch erzählt, dass Regina dann mit Ihnen nach Esens gefahren ist«, erinnerte Eva sie.

»Das stimmt ja auch, bis auf eine Kleinigkeit. Sie war schon tot.«

»Rolf hat Regina geschlagen, habe ich recht?«

Rebekka nickte und ihre Augen verdunkelten sich. »Aber warum musste sie denn auch was mit dieser Laura anfangen. So etwas macht man doch nicht, wenn man so einen tollen Mann hat.«

Und plötzlich wurde Eva klar, dass Rolf Weimers seine Frau Regina schon viel länger misshandelt haben musste. Auch das passte ins Bild. Sicher hatte sie kein leichtes Leben mehr gehabt, als sie entdeckt hatte, dass sie mehr für Frauen empfand, als es ihr guttat.

»Haben Sie die Morde eigentlich vorher geplant? Ich meine, bevor Rolf Weimers zu seiner Geschäftsreise aufgebrochen ist?«, fragte Eva, die immer noch nicht verstanden hatte, wie es zu diesem unheilvollen Zusammentreffen gekommen war. Schließlich konnten die beiden ja nicht wissen, wann Regina und Laura sich auf dem Sofa vergnügen würden.

Rebekka sah sie emotionslos an. »So was plant man doch nicht«, sagte sie abwehrend. »Aber als ich da vor dem Haus stand und die beiden gesehen habe, da musste ich Rolf doch Bescheid sagen. Das hätten doch auch andere Leute sehen können.«

»Und dann?«

„Dann ist Rolf nach Hause gekommen ... den Rest kennen Sie ja.«

Als die Leiche von Laura in der Truhe verstaut war, half Rolf Weimers Rebekka, Regina in den Kofferraum zu tragen. Zuhause in Esens hatte sie die Tote dann alleine herausgezogen und im Garten vergraben. Rolf Weimers war währenddessen wieder zu seinem Geschäftstermin gereist, den er, ohne dass anderes es gemerkt hätten, unterbrochen hatte.

»Und jetzt?«, fragte Breithart, als sie alleine in seinem Büro saßen.

»Tja, ich weiß nicht. Irgendwie habe ich Hunger«, sagte Eva.

»Dann lass uns doch etwas essen gehen«, schlug er vor.

»Und was ist mit deiner Frau?«

»Frau? Ich bin doch nicht verheiratet.«

»Aber vorhin im Verhör, da ...«

»Ach, das war nur so dahin gesagt. Geht doch niemanden etwas an, was ich in meiner Freizeit mache.«

»Also hatte ich doch recht«, lachte Eva und zeigte auf den Schreibtisch. »Schokolade und Kekse, davon ernähren sich nur Männer, die nie was Vernünftiges zu essen bekommen.«

»Oh, das täuscht, das ist nur Nervennahrung. Wenn ich mal so richtig viel Zeit habe, dann koche ich sogar ganz gerne.«

»Na, dann besteht ja doch noch Hoffnung für die Menschheit«, seufzte Eva.

»Muss ich das jetzt verstehen?«, fragte Breithart und kratzte sich am Kinn.

»Nein, nein, schon gut. Ich rufe Jürgen an, dass wir jetzt essen gehen. Er kann uns fahren.«

»Und wer ist Jürgen?«

»Mein Schicksal, würde ich sagen.« Und damit zog sie ihr Handy aus der Tasche und wählte seine Nummer.

Es wurde ein launiger Abend, bei dem Eva und Breithart viel über ihre vielen gelösten Fälle unterhielten.

»Sie war übrigens noch gar nicht tot, als man sie in die Kühltruhe gelegt hat«, sagte Breithart plötzlich, als sei es ihm eben erst wieder eingefallen.

»Du meinst Laura? «, fragte Eva und machte große Augen.

»Genau. Laura. Sie ist bei dem Sturz von der Treppe nicht sofort getötet worden.«

»Oh, das ist ja schrecklich.« Eva fasste sich automatisch an die Kehle bei der Vorstellung.

Als der Abend zu Ende ging, reichte Breithart Eva die Hand.

»Die Zusammenarbeit mit dir hat mir wirklich Spaß gemacht«, sagte er und lächelte. »Also, wenn ich mich mal revanchieren kann auf deiner Insel …«

»Ich nehm dich beim Wort«, erwiderte Eva lachend. Das Kompliment tat ihr richtig gut.

Jürgen fand, dass Eva glücklich aussah. Und das machte auch ihn zufrieden.

Wieder am Meer

Am nächsten Morgen saßen sie gemeinsam beim Frühstück in einem Bead & Breakfast Hotel.

»Bist du froh, dass endlich alles vorbei ist?«, fragte Jürgen.

»Hm ... komische Frage eigentlich. Kann man wirklich froh sein, dass man zwei Menschen festgenommen hat, die zwei andere Menschen getötet haben?«

»So gesehen sicher nicht, weil man nichts wieder gutmachen kann.«

»Genau das meine ich. Irgendwie bleibt ein schaler Geschmack zurück.«

»Aber das ist doch in jedem Job so.«

»Bei dir nicht. Wenn die Leute von dir beraten wurden, dann gehen sie mit einem guten Gefühl, ohne dass jemand über die Klinge springen musste.«

Beide mussten lachen.

»So gefällst du mir schon besser«, sagte Jürgen. »Wollen wir gleich aufbrechen, oder noch ein bisschen die Stadt unsicher machen?«

»Du redest doch wohl nicht etwa mit mir, der Spaßbremse von Beruf?« Eva grinste.

»Nein, im Ernst. Wir müssen doch noch nicht sofort zurück.«

»Ich weiß nicht, mir liegt das nicht, ich meine, in die Stadt zu gehen und zu shoppen.«

»Aber du bist doch eine Frau.«

»Sicher nicht so eine ...«

»Also willst du jetzt schon zurück nach Langeoog?«

»Irgendwie schon. Mir fehlt das Meer ein wenig. Komisch, dass ich das sage, oder?«

»Nein überhaupt nicht. Jeder, der es einmal erlebt hat, wird doch süchtig danach.«

»Ja, das stimmt. Wenn ich mich hier in Münster so umschaue, dann fehlt irgendwas.«

»Wasser, ich weiß.«

Sie tranken noch einen Kaffee und machten sich dann auf den Weg nach Esens.

Am Nachmittag saßen sie bereits auf der Fähre. Der erste Frühlingswind wehte um ihre Nasen. Es waren viele auf dem Weg nach Langeoog.

»Weißt du was?«, fragte Eva, als sie mit Jürgen auf dem Oberdeck stand.«

»Nein, aber du sagst es mir sicher gleich.«

»Wenn ich den Sandhügel da am Horizont sehe, dann habe ich das Gefühl, nach Hause zu kommen.«

»Es ist dein Zuhause, Eva«, sagte Jürgen und nahm sie in den Arm.

Als die Fähre angelegt hatte, ging jeder von ihnen in seine eigene Wohnung. Am Abend wollten sie sich beim Italiener treffen.

Eva atmete tief durch, als sie ihre Wohnungstür aufschloss. Draußen am Postkasten hatte sie einen Haufen herausgefischt, den sie jetzt achtlos auf die Anrichte im Flur legte.

Sie ging in jedes Zimmer. Es war alles in Ordnung. Niemand war hier gewesen. Es war zu einer Manie geworden, das erst einmal zu checken, wenn sie länger weg gewesen war. So ein Gefühl der Unsicherheit wurde man wohl nie wieder los, wenn einmal jemand in deine Wohnung eingebrochen war, dachte sie und streifte ihre Schuhe ab.

Irgendwas war mit ihr passiert. Sie konnte nur nicht genau sagen, was. Da war ein Gefühl in ihrer Magengegend, das ihr neu vorkam. Es war nicht unangenehm oder störend. Nein, es war gut. Es fühlte sich wie ein leichtes Kribbeln an. Tausend kleine Schmetterlinge, die darum buhlten, als Erstes wieder das Tageslicht zu sehen. War sie etwa verliebt? Nicht nur ein bisschen, sondern so richtig? Oh ja, das war sie. Sie war das erste Mal verliebt in das Leben.

Sie machte sich einen Kaffee und holte die Post aus dem Flur.

Die Fenster standen weit auf und ließen die warme frische Luft herein, als sie sich auf das kleine Sofa in der Küche setzte.

Es war viel Werbung und sonstiger Schnickschnack, den sie achtlos auf den Boden warf. Und dann war da ein Brief, der irgendwie komisch aussah. Ob er von ihrer Mutter war? Nein, das war nicht Katharinas Handschrift. Und trotzdem wirkte der Brief irgendwie persönlich. Doch eigentlich schrieb ihr niemand anderes handschriftliche Post. Die Buchstaben sahen eckig aus. Das war keine Frau, die das geschrieben hatte. Ein Absender war nicht dabei. Eva hatte jetzt keine Lust mehr, zu rätseln. Also steckte sie ihren Finger in die kleine Öffnung, die sich unter der Lasche befand, und schob den oberen Rand langsam auf.

Sie zog den weißen Zettel heraus, auf dem nicht viel stand.

Liebe Eva, ich freue mich so, dich endlich wiedergefunden zu haben. Bis bald.

Was hatte das denn zu bedeuten? Plötzlich fröstelte es Eva. Das Ganze erinnerte sie viel zu sehr an die anonymen Briefe von vor fast einem Jahr. Machte sich da jemand über sie lustig? Aber so etwas eignete sich doch wohl kaum für einen Scherz, wenn man jemand im Ungewissen ließ, von wem die Nachricht kam. Sie schluckte und las die wenigen Worte noch einmal. Sie griff nach ihrem Kaffeebecher, um ihre Hände daran zu wärmen.

Eben hatte sie sich noch so gut gefühlt und jetzt das. Es knackte irgendwo. Was, wenn jetzt jemand in ihrer Wohnung war. Natürlich, sie war vorhin kurz in alle Räume gegangen. Aber ein Eindringling konnte sich doch überall verstecken. Sie hatte ja nicht jeden Schrank aufgezogen. Wo war ihr Handy? Sie erinnerte sich, dass es noch in ihrer Jackentasche war. Sie musste es jetzt holen und Jürgen anrufen. Doch irgendwie konnte sie sich nicht bewegen.

Es klingelte an der Tür und Evas Herz blieb fast stehen. Sie bekam kaum noch Luft und presste den Atem zwischen den Zähnen aus. Nach einer kurzen Pause klingelte es noch einmal. Ob das vielleicht Jürgen war? Sie hatte ihn ja ermahnt, nicht einfach so in ihre Wohnung zu spazieren. Das wäre eine Möglichkeit, dachte sie erleichtert. Sie schaffte es jetzt sogar, den ersten Fuß auf den Boden zu stellen, dann noch einen, dann stand sie auf. Auf leisen Sohlen schlich sie zur Tür und öffnete.

»Robert?«

»Hallo Eva, hast du meine Nachricht nicht erhalten?«

Jetzt schaltete sie. »Die war von dir?«

»Ja sicher.«

»Das wusste ich nicht. Du hast keinen Namen darauf hinterlassen.«

»Oh, das tut mir leid. Ich bin ja ein Trottel. Was hast du denn gedacht, von wem sie ist?«

»Frag lieber nicht, das ist eine lange Geschichte ... aber komm doch rein, ich habe Kaffee fertig.«

»Danke.«

»Aber was machst du eigentlich hier auf Langeoog?«

»Das ist eher eine kurze Geschichte. Ich habe einen Saisonjob in einem Hotel angenommen.«

»Aha. Und als was? Ich meine, sorry, aber ich kann mir dich nicht als Zimmermädchen vorstellen.« Beide mussten lachen.

»Nein, ich arbeite an der Bar. Ich dachte mir, das ist mal was anderes.«

»In der Tat. Und wer kümmert sich um deine Katze?«

»Die Nachbarn etwas weiter haben mir versprochen, nach ihr zu sehen. Sie ist ja ziemlich selbständig und der Frühling steht vor der Tür. Das ist kein Problem. Sie werden auch nach meinem Haus sehen.«

»Na, da hast du aber Glück mit deinen Nachbarn.«

»Ja, finde ich auch. Sie sind übrigens auch bei der Polizei.«

»Tatsächlich?»

»Er heißt Jan Krömer, ihr Name fällt mir gerade nicht ein ...»

»Jan Krömer?», echote Eva. Das war ja ein Zufall. Ob er jetzt mit Katrin Birgner zusammenlebte?

»Kennst du ihn etwa?», fragte Robert, der Evas Reaktion im Moment nicht nachvollziehen konnte.

»Ja, ich kenne ihn flüchtig von anderen Ermittlungen. Wohnt er mit einer sehr hübschen großen dunkelhaarigen Frau zusammen?»

Robert dachte einen Moment nach. »Nein, so würde ich sie nicht umschreiben. Sie ist eher ein Durchschnittstyp. Aber an den Namen kann ich mich echt nicht erinnern, Sorry.»

Das war ja komisch, dachte Eva. Sollte er etwa eine neue Freundin haben?

»Ach, ich bin ja eine, lass dich so in der Tür stehen. Komm bitte rein.«

»Ich habe von einer Polizistin nichts anderes erwartet, als dass ich zunächst alle Fragen an der Tür beantworten muss, bevor mir Einlass gewährt wird.«

»Haha ...«

Eva und Robert saßen lange in der Küche und sie erzählte von ihrer Begegnung mit Katharina.

»Es freut mich für dich, dass es so gut gelaufen ist«, sagte Robert aufrichtig. »Man denkt immer, dass eine Mutter etwas Selbstverständliches ist, das jeder hat. Und im Prinzip ist es ja auch so. Nur sind die Umstände nicht immer die Besten.«

»Das stimmt. Ich bin wirklich froh, dass ich Katharina noch kennen lernen durfte, selbst, obwohl ich schon so alt bin. Es macht das Leben irgendwie leichter, wenn man weiß, woher man kommt.«

»Tja, das ist wohl auch wieder relativ. In meinem Fall wäre es mir lieber gewesen, ich hätte meine Mutter nicht gekannt.«

»Ach Mensch, Robert. Es tut mir so leid, dass du so denkst, aber ich verstehe dich.«

»Eva, lass uns jetzt nicht mehr davon reden. Das ist ein blödes Thema, das einen nur herunterzieht.«

»Genau, Themenwechsel. Es ist sowieso bald Zeit, dass wir zum Italiener gehen. Ich bin dort mit Jürgen zum Pizzaessen verabredet und du kommst natürlich mit.«

»Nur, wenn ich nicht störe«, meinte Robert.

»Du niemals«, sagte sie und knuffte ihn am Arm. »Ich mache mich noch schnell frisch und dann geht es los.«

Jürgen war bereits im Restaurant, als Eva mit Robert dort ankam.

»He Robert, das ist ja eine Überraschung«, begrüßte er ihn.

»Freut mich auch.«

Sie gaben sich die Hand.

»Robert hat einen Saisonjob in einem Hotel angenommen«, erklärte Eva und sie setzten sich mit an den Tisch.

»Oh, das trifft sich eigentlich ganz gut«, sagte Jürgen. »Eigentlich wusste ich nämlich gar nicht, wie ich es dir sagen soll ...«

Eva sah ihn skeptisch an. »Was ist los?«

»Ich habe eine Nachricht erhalten, dass es einem Verwandten von mir nicht sehr gut geht. Er liegt praktisch im Sterben in einem Pflegeheim.«

»Oh, das tut mir leid«, sagte Eva und Robert nickte zustimmend. »Dann solltest du dahin fahren.«

»Ja, das habe ich auch schon gedacht, aber irgendwie wollte ich dich auch nicht alleine lassen. Und ich habe ihn ja auch schon lange nicht mehr gesehen. Eigentlich kenne ich ihn gar nicht mehr.«

»He, es geht um deine Familie«, sagte Eva. »Ich komme schon zurecht.«

»Okay, und da jetzt auch Robert hier ist, fällt es mir schon etwas leichter.«

»Also wirklich, ich bin bei der Polizei«, sagte Eva und spielte die Entrüstete. Doch tief im Inneren sah es bei ihr ganz anders aus. Sie musste nur an die Situation vorhin denken, als sie diese Nachricht von einem vermeintlich Fremden in der Hand gehalten hatte.

Die Drei verbrachten einen schönen Abend und am Ende gingen Eva und Jürgen in seine Wohnung, weil er noch packen wollte. Na ja, und dann wollten sie auch noch ein paar Stunden alleine verbringen, denn schon am nächsten Tag sollte es für ihn rüber aufs Festland gehen.

Robert zwinkerte ihnen beiden zu, als er zu seinem Hotel ging.

Abschied

Am nächsten Morgen frühstückten Eva und Jürgen schweigend.

Und auch wenn sie ein Gefühl von Vertrautheit verband, so hätten die Gedanken zweier Menschen nicht unterschiedlicher sein können.

Eva fragte sich, ob sie sich ohne Jürgen besser fühlen würde. Fast freute sie sich darauf, endlich einmal wieder tun und lassen zu können, wonach ihr der Sinn stand, ohne großer Erklärungen abgeben zu müssen. Sie wusste, dass es gemein war, was sie empfand. Und doch konnte sie nicht anders. Man konnte sich viele Dinge schönreden, doch dafür waren Gefühle einfach zu wichtig, als dass man sich mit halben Wahrheiten zufrieden geben konnte. Sie hatte es in der letzten Nacht nicht zulassen können, dass er ihr ganz nahe kam. Er hatte Verständnis gezeigt, als sie seine Hand sachte zurückgeschoben hatte. Wie immer. Jürgen hatte immer so viel Verständnis, dass es fast schon nervig war. Warum fuhr er nicht mal so richtig aus der Haut, wenn sie ihn wieder mal vor den Kopf stieß? Es hätte ihr so gut getan, wenn sie sich an ihm hätte reiben können. Doch er ließ alles mit sich machen. Vielleicht liebte er sie einfach zu sehr?

Jürgen für seinen Teil beschäftigte die Sorge, was Eva alles zustoßen könnte, wenn er nicht da war. Und er setzte große Stücke auf Robert und hoffte, dass dieser die Dringlichkeit erkannt hatte, Eva nicht aus den Augen zu lassen. Als sie einmal auf die Toilette gegangen war am gestrigen Abend, da hatte er Robert das Versprechen abgenommen, auf sie aufzupassen. Da hatten sie aber schon zwei Flaschen Wein geleert und Robert hatte herzlich gelacht, so, als habe er diese Bitte, auf eine ausgebildete gute Polizistin aufzupassen, als Scherz verstanden. Doch Jürgen hatte nicht gelacht. Und da hatte er hoffentlich verstanden. Eva war ein Mensch, den man vor sich selber schützen musste. Und er musste jetzt die Insel verlassen. Ausgerechnet. Er hatte so ein mulmiges Gefühl dabei.

Eva sah hin und wieder aus dem Augenwinkel zu Jürgen herüber. Er machte so ein besorgtes Gesicht. Doch sie wollte jetzt nicht schon wieder eine Diskussion darüber führen, dass sie doch auf sich aufpassen musste. Und sie ahnte, dass Jürgen Robert auf sie angesetzt hatte. Der Besuch kam ihm sicher gerade recht. War das eigentlich noch Liebe oder schon Kontrolle? Was wusste sie eigentlich über Jürgen, wenn es um seine früheren Beziehungen ging? Vielleicht war er ja wirklich so einer, der seine Frau bewachte. Diese ganze Nettigkeit, sie konnte auch ein Schutzschild dafür sein, dass er ihr nicht über den Weg traute. Aber ging sie jetzt nicht ein bisschen zu weit?

Wie dem auch sei, eine kurze Trennung würde ihnen beiden sicher gut tun.

Und dann wanderten ihre Gedanken wieder zu Robert beziehungsweise zu dem, was er gestern gesagt hatte. Seine Nachbarn würden auf sein Haus aufpassen, so lange er auf Langeoog sei. Und dieser Nachbar, das war ausgerechnet Jan Krömer. Fast hätte sie es doch geschafft, ihn aus dem Kopf zu kriegen. Sie hatten sich so lange nicht mehr gesehen. Und dann war alles wieder hochgekommen. Jan war einer, der ihr ins Herz und ganz tief in die Seele gesehen hatte. Einfach so, ohne sie überhaupt näher zu kennen. Sie hatte es gespürt, dass er sie verstand. Und das hatte ihr auf der einen Seite gefallen, und doch Angst gemacht. Sie vermisste Jan. Und wenn es gar nicht um Jan ging? Vielleicht vermisste sie einfach einen Mann, der ihr ganz tief in die Seele blicken konnte. Jemanden, der sie ohne viele Worte verstand. War es so abwegig, sich so einen Menschen zu wünschen? Wollten nicht alle jemanden, der einen so erkannte, wie man wirklich war?

»Ich glaube, wir müssen langsam los«, sagte Eva schließlich und sah auf ihre Uhr.

»Da hast du sicher recht.« Jürgen faltete die Zeitung zusammen. Er wusste nicht einmal, was er da die ganze Zeit gelesen hatte.

Um kurz nach neun Uhr standen sie bei der Inselbahn.

»Ich werde dich jeden Tag anrufen«, sagte Jürgen, bevor er einstieg.

»Nun übertreib's mal nicht«, lachte Eva, »wir sind keine zwanzig mehr.«

»Vielleicht deshalb«, sagte Jürgen und küsste sie noch einmal zum Abschied.

ENDE

Zur Autorin

Moa Graven: »Ich habe erst mit fünfzig meine Leidenschaft für das subtile Verbrechen entdeckt.«

Als gebürtige Ostfriesin kam Moa Graven durch Umwege über den Journalismus selber zum Krimi-Schreiben. Das war im Jahr 2013, als sie ihren ersten Krimi »Mörderischer Kaufrausch« mit Ermittler Jochen Guntram als Fortsetzung in einem Monatsmagazin veröffentlichte. Seither hat sie viele Leichen in Ostfriesland hinterlassen. Sie arbeitet mittlerweile an drei Krimi-Reihen in Ostfriesland mit Kommissar Guntram in Leer, Jan Krömer in Aurich und Eva Sturm auf Langeoog! Seit August 2016 gibt es auch eine Friesland Krimi-Reihe mit Joachim Stein, den alle nur „Der Adler“ nennen.

Besuchen Sie die Autorin gerne
auch hier: www.moa-graven.de.
NEU: Die Ostfrieslandkrimis APP von Moa Graven

Die Eva Sturm Krimi-Reihe im Überblick

Verliebt ... Verlobt ... Verdächtig *- Band 01*

Justitias Schwäche *- Band 02*

Bitterer Todesengel *- Band 03*

Blaues Blut *- Band 04*

Stille Angst *- Band 05 (Overcross-Special mit den drei ostfriesischen Ermittlerteams von Moa Graven, die einen Fall auf Borkum lösen)*

Schiffbruch *- Band 06*

Auf dich wartet der Tod *- Band 07*

7 Tage Regen *– Band 08*

Wenn es Abend wird, mein Schatz ... *– Band 09*

Stirb leise ... *– Band 10*

Der letzte Tanz *– Band 11*

Und alle haben geschwiegen *– Band 12*

Alle Bücher sind als eBook und Taschenbuch erhältlich!

Die weiteren Krimi-Reihen von Moa Graven

Kommissar Guntram Krimi-Reihe

Mörderischer Kaufrausch - Band 01
Mord im Gebüsch - Band 02
Mordsgeschäfte - Band 03
Das Meer schweigt … - Band 04
Märchenhafte Morde - Band 05
Hinter verschlossenen Türen - Band 06
Teezeit - Band 07
Wer erschoss den Weihnachtsmann? - Band 08
Hannah – Vergessene Gräber - Band 09
297 Tage – *Band 10*

Tod einer Prinzessin – *Band 11*

Profiler Jan Krömer Krimi-Reihe

KillerFEE – Band 01
Todesspiel am Großen Meer – Band 02
Kneipenkinder – Band 03
Fallensteller - Band 04
Flächenbrand – Band 05
Blindgänger – Band 06
Fremder - Band 07
Die Puppenstube – *Band 08*

Der Adler – Joachim Stein Krimi-Reihe

Der Adler – LaLeLu … und tot bist du - Band 01

Der Adler - KALT - Band 02

Der Adler - NEBEL - Band 03

Der Adler – Lebenslänglich *– Band 04*

Der Adler – Der Nachbar *– Band 05*

Alle Bücher sind als Taschenbuch oder eBook erhältlich!

22202039R00114

Printed in Great Britain
by Amazon